JN021881

叛乱の時代を生きた私たちを読む

自己史としての短歌評

岡部隆志

皓星社

はじめに

本書は、私の四冊目の評論集であるが、これまでの評論集とはかなり異なった本になっている。第一章は、かつての全共闘運動の時代を詠んだ歌集を主に論じているが、ほとんど筆者である私の全共闘体験を踏まえて論じている。読みようによっては、第一章は私の全共闘体験を描いているともとれる。第二章は私の母のことや私の簡単な来歴を書き込んでいる。そして、第八章では、私の母と私の生い立ちを、百枚（四百字原稿用紙換算）ほどの「ライフヒストリー」として描いている。第一章、第二章で書き込んだ私の母、そして私の自己史をまとめたものだが、昭和平成を生きたある家族の物語になっているかと思う。本書は評論集なのに筆者である私個人の物語がたくさん描かれているわけだが、何故このような書き方になったのかについて述べておきたい。

私が歌誌『月光』に短歌評論を書き始めたのは一九九三年のことである。第二次の歌誌『月光』六号に「『坂口弘歌稿』を読んで」という文を書いた。それから現在まで三十年近く毎号、短歌や歌集について感じたこと考えたことを書き続けている。百三十本を超える論を書いた。われながらよく続いたと感心する。

私の批評の方法は、まず歌人のなかに入り込むような読み方をする。そして短歌を詠まざるを得ない切実さを感じ取り（共感すると言ったほうがいい）、何故、そのように表現せざるを得なかったのかを推論しそれを記述していく、というものである。私はこれをサイバー批評と呼んでいるのだが、この批評の要は、歌人の表現に対する私の共感の確かさあるいは深さにある。この確かさや深さを支えるのは、人間という存在への私の理解力と言うしかない。私は歌人ではないので、この歌はいいとかよくないとか実作者らしい物言いが出来ない。だから、私は、批評の度に、歌人のその存在の深みを探ろうとする。「深み」というと抽象的すぎるが、短歌（詩）の言葉を表出せざるを得ないのは、存在そのものに何らかの違和を抱え込んでいるからだと理解し、その違和を探ることと言ったほうがいい。

その探り方は、結局は私という存在が抱えている違和を探すことになる。歌人の表現に「わかる」と共感するのは、たぶんに私の中にも同じような違和があるからだ。だから、私の評は、私の中の違和のようなものを根拠にして論じていくことになる。主観による批評と言われればその通りかも知れないが、私の感じ方考え方を押しつけているわけではなく、わかる（共感する）のは何故かというシンプルな問いを突き詰めることで論じるべき何か（違和）を照らし出す、そういうやりかたなのだと理解していただきたい。

従って、私の書く評の文章は、私の生い立ちや人間関係、経験といったものに裏付けられた思考もしくは感性を介したものになっているはずである。いままでそのようなことを意識せずに文章を書いてきたのだが、最近になって、そのことが気になり始めた。

ここ数年刊行された「月光の会」に属す歌人の歌集には、私の二十代の時の全共闘体験を詠んだものが多い。それらの歌集評を書くことになって、私は、歌人が半世紀も前の体験を歌（詩）として発表するのは、あの時代の体験が表現されなくてはならない何か（違和）として歌人のなかに根を張り続けているからなのだと感じた。そして私もまた同じなのだと思ったのである。

それらの歌集評を書いていくうちに私は自分の全共闘体験を書かざる得なくなった。私の体験を書いていくうちに、次第に評という目的とは別に私の体験を書くことが面白くなり始めた。それは、たぶんに、同時代の私と共通した体験を詠んだ短歌を自分の体験と重ねながら味わい、次第に自分の体験を冷静に眺め、それを叙述するための適度な距離感がつかめるようになってきたからだろう。

私の最初の著作は『北村透谷の回復』（三一書房 一九九二）だが、この本で、私は、透谷の政治離脱の苦悩を私の全共闘運動体験と重ねるように書いた。「わかる」という共感によって透谷の中に入り込んだわけだが、考えて見ればその手法でいまだに評論を書いている。このときはまだ私が渦中の当事者となったあの叛乱の時代を冷静に眺める余裕はなかった。ただ翻弄されるように無我夢中で生きたあの時代の私の心の揺れ動きを透谷に重ねただけだった。が、あれから半世紀が過ぎ、私も七十歳を過ぎ老年になった。さすがに、あの一九六〇年代後半から七〇年代にかけての叛乱の時代を客観的に眺め歴史的出来事の記述として書ける余裕が出来たということだ。

それもそうなのだが、ほんとうのところは、余命を数えるような歳になって、自分の生き方を決定づけたあの叛乱の時代とは何だったのかと振り返り、自分の中にくすぶっていてる何か（違和）をしっかりと見つめることなしにはとても死ねない、と思い始めたということなのだ。近年、叛乱の時代であった全共闘での体験を詠んだ歌を歌集として刊行する歌人たちもまた同じ境地だろうと思う。総括という言い方は好きではないが、そのようなものである。そういう意味では、この本は、私自身の総括の書（やはりこの言い方は好きになれない）でもある。

私のライフヒストリーは付録として入れるつもりだったのだが、章立てにして入れるべきだという編集者の指摘もあって第八章として組み込んだ。第一章・第二章の中に切れ切れに書き込んだ私の個人史や母のことなどを整理してまとめようと書いたものだが、これも書きすすめるうちに、昭和平成を生きたある家族の物語（フィクション）といった書き物になってしまった。これはこれで独立した読み物になっているので、こちらからお読みいただいてもかまわない。

第三章・第四章はテーマごとに別けて歌人もしくは詩人について論じている。第五章は松平修文の歌集についての論である。この第五章までが、主に歌集について論じた評論ということになる。そのほとんどが歌誌『月光』に掲載した文章であり、当然だが論じた歌集も「月光の会」の人たちのものが多い。こうやって並べてみて気付いたことだが、私の評のまなざしは、歌人の孤立感や孤独あるいは敗北感や悔恨といった、人生の肯定感の真逆にある心にいつも向けられている。例えば、第四章の「山川登美子の相聞歌」で論じたように、私は、与謝野晶子ではなく山川登美子に惹かれる。山川登美子の方が、どうしても表現しなくてはならない（そうしないと生きられないかのように）そういう表現への切実さを抱えていると思うからで、私の読みのセンサーはそっちの方に強く反応するのである。あらためて、「月光の会」の歌人たちは、この私の特異な読みのセンサーに反応する歌をたくさん詠んでいるのだなとつくづく感じた。

第六章は、歌集評ではなく「慰霊」における情の働きについて論じている。文学の表現を支える「情」は私の研究テーマである。短歌評でも、私の専門である日本の古代文学や民俗学でも、私は「情」の働きについて論じてきた。東北での大震災以降「慰霊」が大きく取り上げられるようになった。「慰霊」をテーマとする多くの短歌が詠まれている。「慰霊」における「情」の働きを論じることで、「情」を歌う短歌の力が見えるようになればと思い、本書に収録した。

第七章は「短歌論」と題した。歌人ではなく、短歌という表現の面白さについていろいろな角度から考察した論になっている。歌人に向かっていないので論じる私自身のことに触れることもなく、「短歌とは何か」というテーマに向き合った論だが、短歌という表現の広がりあるいは可能性について論じているつもりである。

よく私の書く文章はモノローグ的だと言われる。その意味では、本書は私のモノローグを生み出す私そのものが、論じる対象を背景に押しやって表にせり出してきたような、そういう本である。その意味では型破りな本になっているが、こういう作り方をせざるを得なかった私の切実さをお読みいただけたらと思う。

叛乱の時代を生きた私たちを読む　目次

第三章　鎮まらざる歌人たち

第四章　敗北し孤立するものの系譜

第五章　松平修文歌集『トゥオネラ』の世界

第一章　叛乱の時代を生きた私たち

学生運動と抒情

『もっと電車よ、まじめに走れ　福島泰樹わが短歌史』

本書は「福島泰樹わが短歌史」という副題がつくが、ほぼ、一九六〇年代から七〇年代の、学生運動が盛んであった時代の、福島泰樹の短歌史といっていいものだ。福島の学生運動とのかかわりは一九六五年末からの第一次早大闘争からである。早大生福島はその運動の渦中にあり、その体験が最初の歌集『バリケード・一九六六年二月』に結実する。一九六六年二月、学生たちの学園封鎖が機動隊導入によって解かれ多数の検挙者を出す。学生は法政や明治に集結し、学園奪還闘争を始める。そんななかで福島は歌を作っていた。それについて触れた文章がある。

私は短歌を作っていたのだ。あまりにも私的言葉の世界へ、われを忘れて没頭していたのである。例えばバリケードの中で、絶えず私たちを苛立たせた空腹を捩り、〝胃袋封鎖〟などという語句を作り出したり、窓ガラスを打つ雨の滴りと自らの口惜しみを重ね合わせて、短歌的喩を作り出すことに熱中していたのである。学園を追われ珈琲店に待機している現実を、この間自己を律してきた政治的言語ではなく、短歌をもって対象化しようとしていたのである。

これは私にとって新たな体験であった。この時まで私は、闘争そのものを短歌にしようなどとは思ってもみなかったからである。闘争と短歌は私の中ではあきらかに背を向き合わせていた。状況を変革するには行動をもってするほかなく、集団の論理からも零れ落ちてくる内面の飢えを慰撫し癒やすものとして、私の内にこれまで短歌はあったからである。

福島泰樹のある意味での短歌の出発がここで語られているとみていいだろう。現実を「自己を律してきた政治的言語ではなく、短歌をもって対象化しようとしていた」。「闘争と短歌は私の中ではあきらかに背を向き合わせていた」そういう状況の中で「新たな体験」として福島の短歌は一つの出発を遂げたということである。

早大闘争は政治的な大衆運動であって文化運動ではない。つまり、政治運動の代替として短歌の表現があるわけではないし、文学的表現が政治運動のためにあるわけでもない。また、大衆運動であるという意味で、参加した者が活動家のように振る舞う必要はない。その意味では、政治的な活動をする者が、一方で、恋愛の歌を表現してもいいはずなのであるが、実際にはそんな風に政治的立場と文学の表現者の立場を分けられるわけではない。特に二十歳前後の若者が反権力を標榜して政治的な行動をすることは、自己の存在を賭けてしまう覚悟を必要とすることであり、その覚悟にとって、政治も文学もなく、すべてが自己の存在証明である他はないと感じるのである。おそらく、学生福島泰樹もまたそのように感じていたであろう。

だが、現実的な政治というものは、その政治に関わる者に、その者の存在証明は政治目的の実現のためにあるのだと強要していく。特に、党派によって政治が支配されれば、その強要はより強いものとなる。学生運動は大衆運動であったが、政治闘争であれば党派が介在し、党派が介在すれば、その党派の政治目的（革命への理念）を学生につきつけ、自分の存在証明に悩む者は、その党派の理念を自己の存在証明と同一化する。そうやってごりごりの党派活動家になった者も多かった。

一方で、現実変革への期待を共有するとしても、党派的な政治理念に自己の存在証明を譲り渡すことに疑問を抱く者もいた。第一次早大闘争は全共闘運動のさきがけとなる闘争であったが、そのことは、学生による自然発生的な大衆運動であるこの闘争が、一部の党派活動家によって先導されずに政治方針を示し得たということだ。つまり、党派的政治とは一線を画す学生たちが主流たり得た闘争だったという意味で、全共闘の先駆となり得たのだ。

その意味では、この闘争に賭けた学生の存在証明は、党派的な革命理念に抵抗できない硬直したものではなく、党派の革命理念にまとう権威に距離を置くような、より軽やかで自由なものだったと思われる。福島泰樹の文章を読んで特に私はそう思った。「バリケードの中で、絶えず私たちを苛立たせた空腹を捩り、〝胃袋封鎖〟などという語句を作り出したり、窓ガラスを打つ雨の滴りと自らの口惜しみを重ね合わせて、短歌的喩を作り出すことに熱中」することができたのは、早大闘争の中に自由な雰囲気があったからであることを、よく伝えている。

この文章で語るように、福島が政治的言語ではなく短歌を対象化できたのは、そして、闘争と短歌は自分の中で背を向き合わせていたにもかかわらず、闘争のただ中にありながら短歌表現をものにできたのは、この闘争の自由な雰囲気のなかで、旧来の政治か文学かといった二項対立にとらわれない、現実へ鋭く屹立する言語表現を、短歌表現として成立させられると福島が感じ取ったからだ。

実は、六〇年代から七〇年代にかけて、「前衛」や「革命」という言い方は、すでに政治的な対象のみを指すものではなく、時代状況を桎梏と感じた人々の思想やあるいは感性を新しいものへ更新する多様なジャンルに広がる意味として漠然とあるいは象徴的に使われていた。背景としては、高度成長期に入った一九六〇年代以降の戦後社会があった。「労働者階級」「プロレタリア」といった言葉が死語化し、政治的言語は、反権力的な主張に勢いをつけるスローガンに過ぎず、若者の存在を根底から突き動かす言葉たり得てはいなかった。

従って、この時代における、現実を撃つように輝く言語は、多様な表れ方をした。寺山修司の表現活動が、短歌、詩、演劇と揺れ動いたのも、現実をうがつ表現がそれだけ多様であったからだ。

一九六六年の福島泰樹の「新たな体験」としての短歌創作の出発は、このような時代を背景にしたものだと思われる。福島の中では、闘争という公的な政治的姿勢も、短歌表現者としての私的な存在も、区別がつかないほどにぐじゃぐじゃに溶解されていたはずであって、そのような混沌を抱え込んで表現することの、先鋭さと面白さに福島は気づいたということである。

ただ、その福島に煩悶があったとすれば、福島の短歌の「抒情」が、時代をうがつような表現たらんとするとき、その「抒情」はどのような意味を持つのか、ということだったように思われる。

歌は志であり、道であろう。更に私はエチカという一語をつけ加える。おのが生きざまを抒情したいというやみがたい衝動を、伝統詩短歌に求めた私に、エチカという言葉こそふさわしいのではなかろうかと思う所以である。

この文章は第二歌集『エチカ・一九六九年以降』の跋文である。『バリケード・一九六六年二月』は、闘争という状況と「抒情」が合奏しているようなものだった。その意味で、「抒情」の意味を問う必要はなかった。だが、七〇年代に入り、敗北という言葉が時代を覆い始めたとき、「抒情」は、その意味を問われ始める。福島はその意味を「エチカ（倫理学）」という言葉で語ろうとしたのである。むろん、かなり屈折した言い方であるように思われる。その敗北の時代の「抒情」を福島は次のようにも語る。

六月、反安保闘争を終えて歌ができた。人の言うところの「語呂合わせ」である。
雨に弾く一途なこころ連弾のバッハ爆発寸前の恋
革命の核、角、飛車取り西瓜売り誰何するのに返事をせぬか
（略）
抒情に託すべき何かを、自己を律すべき何かが音をたてて瓦解していったのだ。口惜しさの微塵もなかった、ただただ可笑しかったのだ。意味じゃあない、音がまずあるのだ。音か言葉を選びとる、それが歌なのだ。心情のやるかたなさを私は、このように表現したのであった。

「抒情」的であることの難しさを語る文章である。「意味じゃあない、音がまずあるのだ」という表現のあり方は、前向きな時代では勢いを現すが、後ろ向きな時代では、「心情のやるかたなさ」を強くあらわす。それはそれで面白いのだが、「心情のやるかたなさ」に留まれば、私的な世界への退行

になってしまう。それは歌人福島の危機であっただろう。

だが、福島の「抒情」は敗北の時代によみがえる。挽歌としてである。第三歌集『晩秋挽歌』（一九七四）、第四歌集『転調哀傷歌』（一九七六）、第五歌集『風に献ず』（一九七六）と立て続けに歌集を刊行し、福島は己の歌によって七〇年代を挽歌の時代にしてしまうのである。

私は、本書『もっと電車よ、まじめに走れ　福島泰樹わが短歌史』を読んで、福島泰樹の短歌的「抒情」が、私的なものには向かわないことを改めて確認した。その「抒情」は例えば、早大闘争のただ中での、政治的に存在することを覚悟した若者の心情を掬いとり、また、殉教者のように若くして死んでいった表現者への挽歌的表現として発揮される。そのような「抒情」は、人間というものを、近代的人間の心や感情を超えて対象化しているとさえ思われる。私は古代文学が専門なので、すぐに、その専門領域に引き込んで語る癖があるが、福島泰樹のそのような「抒情」は、充分に古代的であると述べておきたい。

個人的には、愛鷹村に住職として赴任し村人と寺を再建していく話が好きである。敗北と意識した時代のなかで、過激とも言える時代への発言があり、その一方で、村人と共にする労働や宴の話は、葛藤を抱えた人間福島泰樹の魅力を余すところなく語っている。

私のバリケード体験

福島泰樹歌集『バリケード・一九六六年二月』

『バリケード・一九六六年二月』は私にとって特別な歌集である。特別というのは、他の歌集を読むのとは違う気分になれるといった意味で、他の歌集の、短歌という文芸作品を読むのとは異なる読み方を強いられる歌集なのだ。それは、題名が物語るように、この歌集の歌が私を六十年代後半から七十年代にかけての全共闘時代にフィードバックさせてしまうからだ。

私の全共闘体験は、この歌集の背景にある一九六六年の早稲田学費値上げ阻止闘争から三年後の一九六九年から始まる。東大安田講堂での闘いが終わったその年の春に明治学院大学仏文科に入学した。その当時明治学院大学でも全共闘を排除する目的で大学側によって大学はバリケード封鎖されていて、私たち学生は校門で学生証を見せないと入れない状況だった。

新学期がはじまりすぐに大学側のバリケードは解除されたが、大学側が学生の集会の部屋に盗聴器をしかけたということが発覚して（このあたりの事実関係については記憶がはっきりしていないが、大学側が盗聴器をしかけたということが原因で大騒ぎになったということはよく覚えている）、大学側に学生が抗議、大衆団交、そしてバリケード封鎖までいった。

新入生の私は、クラスのなかで有志を集めて抗議集会やデモに参加した。今考えればクラスのなかで私が一番抗議活動に積極的だったように思う。全共闘は最終的に明治学院大学の象徴的な建物であるヘボン館をバリケード封鎖した。バリケードの期間は短かったが、その間、授業は行われず、私のクラスは仏文の教員を呼んで自主授業を行った。当時の明治学院仏文科には、清水徹、天沢退二郎、入沢康夫、岩谷國士といった仏文学の錚々たる教員が揃っていた。今思えば贅沢な教授陣だった。天沢退二郎らが中心に作った同人誌「凶区」のメンバー、渡辺武信や金井美恵子なども学校で見かけた記憶がある。仏文科の教員らは、学校に異議申し立てをした学生の側に理解を示し、自主講座にも積極的に協力してくれた。

この学生によるバリケードのなかの解放的な雰囲気は、今でもよく覚えている。私の短い学生生活のなかで一番幸福な時だったかも知れない。私はまだ新入生だったから、この闘争がどのような方針で何を獲得目標にして実施されているのか、執行部にはどんな連中がいるのか知るよしもなかった。ただ、これがあの学生運動で、その渦中に自分はいるのだという実感で一種の興奮状態にあったのは確かである。

このバリケードがどのくらい続いたのか記憶にないのだが、二週間くらいだったろうか、学校当局がいよいよ機動隊を導入するという情報が入り、全共闘側が色めき立った。クラス代表が全共闘の執行部に集められ、機動隊導入に対する全共闘の方針が議論された。私もクラス代表として参加した。こういう時の議論は常に二つに分かれる。徹底抗戦か、とりあえず退くかである。徹底抗戦とは封鎖した建物にたてこもって機動隊と闘うというものである。まだ、あの東大安田講堂の攻防戦から六ヶ月も経っていない。あれほどの激烈な闘いにはならないにしても、それなりの攻防にはなるだろうと誰しもが思った。小さな大学で学外の部隊を呼ぶわけにもいかないから、早々に機動隊に排除されるのはわかっていた。こちらから封鎖を解くべきだという意見も当然あった。結局、逃げないでたてこもろうということで話はまとまった。

問題は誰がたてこもるかである。全共闘の執行部は党派の連中が占めていたから、彼らがたてこもることになるが、数は多くない。そこで、クラスからたてこもる有志を募ることになった。手を挙げる者はほとんどいなかった。たてこもれば逮捕されるのは目に見えている。党派に入って学生運動をしているわけでもない、ただ大学側の理不尽さに怒って闘争に参加しているだけの一般の学生にとって、さすがにたてこもる決断は出来なかった。だが、私は躊躇なく手を挙げた。クラスでリーダー的存在であった私がここで逃げるわけにはいかなかったということもあるが、たとえ捕まろうとも、この闘争の最大の山場であるその現場にいなければ、と願ったのである。そのことで、普通の学生生活(順調に卒業して就職する)が送れなくなろうと別にかまわないと思っていた。

たてこもり部隊は三十名(これも正確な人数を覚えていない、もっといたかも知れない)ほどで、大げさに決死隊と呼ばれた。機動隊は早朝来るので前の晩から部隊は泊まり込んだ。その晩のことはよく覚えている。一睡もせずにみんなでいろんなことを語り合った。闘いの前の不安を紛らわそうとしていたのだと思うが、全共闘のキャッチフレーズの一つ「連帯」という言葉は、こういう時の闘う者同士の触れあう関係を言うのだなと感じた。結局機動隊は来なかった。当局が大きな事件になることを怖れてためらったらしい。なにせ安田講堂以来の機動隊と大学占拠学生との闘いだ。日本中の話題になるだろう。しかし、このまま籠城を続ければいずれ機動隊は導入される。当然現場の部隊は籠城を決意していた。ところが、全共闘執行部が突然封鎖解除の方針を出して、立てこもり部隊は退去することになってしまったのである。執行部が何故方針を撤回したのかよくわからない。安田講堂以来の機動隊と学生の攻防に執行部もまた怖じ気づいたということだったのか。たてこもりが戦略的に展望を持たず、組織を守ることを優先させたのか（全員逮捕される）、執行部が学校当局と裏でボス交して取引したのではという噂も流れた。いずれにしろ、はしごを外された決死隊は、封鎖を解き、学生生活に戻っていったのである。

この私の全共闘体験は『バリケード・一九六六年二月』の次のような歌によって喚起される。

あれはなにあれは綺羅星　泊り込む野営・旗棹しか手にもたぬ
一隊を見おろす　夜の構内に三〇〇〇の髪戦(そよ)ぎてやまぬ
コンクリートにふとんを敷けばすでにもう獄舎のような教室である
武装決起(ゲバルト)へいたる朝焼　純潔に戦(おのの)けばわがバリケード顫つ
リーダーの絶叫「学園を死守せよ！」と旗棹をわが高く翳(かざ)さば

私の通う大学でも多くの学生が決起したが、さすがに三〇〇〇の髪は戦(そよ)がなかった。これらの歌のようにはかっこよくあるいは悲壮でもなかった。だが、こんな感じだったのは確かである。私の体験から言えば、たぶん闘争の現場はこの歌のようにかっこよくも悲壮でもない、というのに近い。が、これらの歌の良さは、闘争の現場をかっこよさや悲壮さによって謳いあげることにある。実際の現場は、これらの歌のようではないが、これらの歌によって喚起される何かでは確かにあった。現場では、誰もが三〇〇〇の髪の戦ぎの一人一人であって、三〇〇〇の学生の戦ぎをこんな風に見てはいない。おそらくは、あの当時の私と同じように、決意したこととは言え選んだ状況の大きさに必死に耐えようとしていたであろう。とても「あれはなにあれは綺羅星」と星を指させる状況ではなかった。でも、あの状況をみんなで思い起こすなら、「あれはなにあれは綺羅星」と星を指さしていたに違いないのだ。

福島泰樹もこれらの歌を闘争の現場で詠んだのではなく、その現場を後に想起しその現場にいるごとく詠んだのであろうが、おそらくは現場の誰もが、これらの歌のようなロマンチシズムに彩られた悲壮感を、権力に押しつぶされそうになりながら耐えているその抵抗の姿勢のなかに抱えていたには違いないのだ。そのときは誰も気づかないが、このように歌われたとき、ああそうだった、と誰もが共感し得るのだ。その共感がフィクションの上に成り立っていたとしても、誰もがそれぞれに似たフィクションを持っていたのだ。福島の歌は、そのフィクションを言葉にしたに過ぎない。

だから、『バリケード・一九六六年二月』は、権力に立ち向かう暴力的闘争という状況のなかで揺れ動く個、つまりその状況が強いる個のままならぬ感情を歌うという歌集として私は読めない。

闘争の現場では、暴力とはほとんど縁の無い人生を送ってきた学生たちが来たるべき機動隊との暴力による闘いにやや怖じ気づきながらも自らを鼓舞していた。『バリケード・一九六六年二月』の多くの歌は、そういった学生に向けられた応援歌であり鎮魂歌である。鎮魂歌であるというのは、ほとんどの闘争が敗北を必至としていたからで、そのことは闘う前から誰もがわかっていたことで、それでも闘うことを選択する心情は鎮魂されなければならない。それもかっこよくだ。

泥靴も、わが蓬髪も、髭面も、恕せよ肩にもたれて睡る
寄り添いて微睡み(まどろみ)おれど生き身ゆえ凍死体よりさむし夜明は
数日は脱ぐことのなき泥靴の踵抱きて椅子に眠るを
級友よ寒くはないか灯を消せば満身創痍の伽藍のごとし
レーニンよわがレーニンよポマードが溶けて眼(まなこ)に浸みていたるよ

闘争の敗北を客観的に分析しなければならないと説く者にとって、このような歌は、敗北の真の理由を回避しているように映るだろう。この歌集の中で「花電車は転覆されたか」という文章を書いた三枝昂之は、早稲田闘争で闘う学生達は無罪性をもった自己の内部に逃げ帰る余地を所有しながら闘っていたと、その闘争の脆弱性を指摘し、だから、隊列の多くの学生は早稲田の門を出た時、自己のつややかな日常にもどることが出来た、それは自分も福島泰樹も同じだと、自己批判する。

この批判はよくわかるし、総括という点からはその通りだと思う。ただ、学生運動にあるいは政治闘争にあるいは革命運動にこういった主体性批判は必ず出て来る。こういった批判は、間違えると、運動の主体は無謬ではありえずだから徹底して自己批判しなければならない、に行き着く。とくに社会の変革を主体の変革と同一視しなくては気が済まないエリート活動家はこの理屈に弱く、この批判を乗り越えるためにテロリズムに走るケースが多い。

闘争の総括としての運動主体と、理不尽な権力に異議申し立てをするといった動機だけでデモをし、ゲバ棒を握った学生のその確固たる信念を持たない曖昧な主体とを区別無く無罪性として批判しても、

その批判は現場の学生には届かないだろう。学生もまた生活者である。学生運動をしていたら生活者であってはいけないと強制することは出来ない。生活者であるが故に確固たる信念を怖れ、自己のつややかな日常に戻るのだ。その信念のなさを批判的にとらえるのでなく、その生活者の日常の中から理不尽さへの異議申し立てが起きない日本という社会での、社会変革思想の狭量さや底の浅さをまずは反省すべきなのだ。

隊列を外れて日常に戻る学生を批判的にとらえるのでなく、その確固たる日常を抱えた学生が、一時的にせよ、もう日常に戻れないかも知れないと怯えながらも、デモ隊に参加し、ゲバ棒を握ったそのことを評価するべきだ。『バリケード・一九六六年二月』はそのような評価によって成り立っている歌集なのである。

だから、闘争の総括として読むなら、この歌集を批判的に読むことになる。だが、敗北を覚悟して非日常の状況に飛び込む学生に感情移入出来るなら、この歌集は、そういった学生への鎮魂を歌っていると読むことも出来るし、そう読むべきなのだ。

『バリケード・一九六六年二月』が刊行されて五十年が経つ。一九六九年に二十歳でバリケードにたてこもった私も七十歳になる。この五十年のあいだ、この歌集のように、反乱する若者を鼓舞し鎮魂する歌集は生まれなかった。

それはこの歌集が短歌史のなかで、規格外のいや想定外の歌集であったからだ。この歌集以降、闘争の中の自己を歌う歌が多く歌われる。が、ほとんどが、近代以降の個の自意識の延長にある歌か、もしくはかけがえのない自己への鎮魂歌である。『バリケード・一九六六年二月』が特異なのは、この歌集は歌い手自身に向けられた歌集でないということにあろう。福島は、この歌集の刊行はどうしても一九六〇年代の最後でなくてはならない、七〇年代に入っては遅い、「反安保決戦の秋」は過ぎてしまうからと書いている（『もっと電車よ、まじめに走れ』）。確かに一九六九年はまだ学園闘争も反安保の運動も終息してはいない。この歌集はその意味で、同時代に戦っている若者向けに出されていると も言える。福島は、『もっと電車よ、まじめに走れ』の中で、今までの歌は「呼びかけるべき〝他者〟、連帯を希求してやまない〝私〟はなかった」、「短歌は『戦え』と私に命じた。それは私の主体の在り方の変革でもあった」と記している。福島の高揚感が伝わってくる文章だが、ここで語られているのは、歌は他者に向けて歌われるのだということだ。その他者をしっかりと対象化し得た幸福がこの歌集にはある。

この歌集が特異なのは、そのような他者をつかみ得た希な歌集だからだ。この歌集から五十年、鼓舞し鎮魂すべき他者を短歌は見いだすことが出来ていない。だから、この歌集は、五十年経ってまだ孤立していると言えるだろう。

この歌集以降、福島は、この歌集でつかみ得た他者を繰り返し歌っている。その多くは鎮魂されなければならない死者たちだが、福島の歌の中では「呼びかけるべき〝他者〟」として生きているのである。

現在、私たちは、自分の中に底知れぬ非日常を抱えていて、日常そのものを喪失しているかのように生きねばならない状況にある。その意味では変革すべきものが見えないような時代、そして呼びかけるべき他者が見えないあるいは居ない時代なのだ。このような時代から、『バリケード・一九六六年二月』を振り返れば、本当にこの歌集はあの時代が生み出した、やや大仰に言えば奇跡的な歌集であったと思う。

一九六九年の初夏、バリケードから日常に戻された二十歳の私は、結局うまく普通の学生の日常に戻れず、党派に属して学生運動を続けることになる。大学は二年で除籍になった。その後、三里塚闘争に参加し逮捕される。私はつややかな日常に簡単には戻れなかった一人だ。だから、この歌集は私への鎮魂の歌集のようにも思えてしまうのだ。

我が闘争　川俣水雪歌集『シアンクレール今はなく』

ここ数年、私と共通の時代体験を持つ歌人の歌集刊行が相次いだ。それらの歌集には、もう半世紀も前の反安保闘争や全共闘の体験の記憶が詠まれていて、同じ体験を持つ私は、それらの歌集評を書くことになって、どうしても自分のくぐった時代体験の問題としてそれらの歌集の歌を読まざるを得なくなり、まず私の同時代の体験を掘り起こすことから歌集への評を書く、という書き方をしてきた。『月光』誌上での最近の私の短歌時評を読まれた方は、半世紀前の私の活動家の記録が書かれていて戸惑われた方も多いかと思う。

評とは評する者自身への評でもある。評する者のその評は、評する者の時代体験や生き方、さらには生活、感情といったものを潜った言葉によっている。評が、評することがらの客観化だとするなら、評の言葉は、評される歌人と同時に評する私をも客観化していることになる。つまり、私は私をも評しているということになる。

自分の体験と重なってしまう歌人の歌集を読みながら、私は、私の評が私自身にせまり問い詰めるような切っ先を感じないではいられなかった。この切っ先を回避するような評は書けそうにない、かといって、自分の問題を書けば評にならない、どうしたらいいか悩んだあげく、とにかく自分の体験をまずは書いてしまおう、書いてから、その体験とクロスさせるように評を書けば、それはそれでなんとか評らしきものになるだろう、ならなければ、評という体裁の私の個人史の吐露として読んでもらえばいいと、なかば居直るような気分で、自分の体験を短歌評に書くことにした。

川俣水雪歌集『シアンクレール今はなく』という歌集の評は、まさに私の半世紀前の体験を抜きにしては論じられない歌集である。作者は私より十歳若く、同時代を一緒に生きたという体験を持っているわけではないが、この歌集に歌われた高野悦子は私と同じ歳であり、そしてなにより、この歌集の題になっている「シアンクレール」を私は懐かしく思い出す一人なのだ。というわけで、まずは、私のかつての体験を書いてみたい。

高野悦子が立命館の学生だった一九六九年、私は一浪して明治学院大学に入学した。そこでバリケード体験をしたことは福島泰樹『バリケード・一九六六年二月』についての文章に書いた。高野悦子は宇都宮女子高出身。私は宇都宮商業高校出身である。栃木県の男子校の一番の進学校は宇都宮高校で私の二歳上の立松和平の出身校である。女子高のトップは宇都宮女子高で当時としては珍しく制服のない自由な気風の女子高だった。私は家が貧しく大学進学は諦めていたので商業高校に通った。宇都宮で同じ時代を、高野悦子も私も高校生として過ごしていたのだ。

一九六九年高野悦子は鉄道自殺をする。一九七一年『二十歳のエチュード』が出版されベストセラーになる。その年、私は三里塚闘争に参加する。

当時私は三里塚に住み着き代執行阻止闘争に参加した。第二次代執行阻止闘争では警察官に死者が出る激しい闘争になった。その後、現地で闘争に参加している私にも逮捕状がでるらしいという情報がつたわり、私はしばらく逃亡生活をすることになった。当初友人宅を泊まり歩いていたのだが、幼なじみの友人に立命館大学の学生がいた。そこで、私は京都に行き、立命館大学の近くに住むその友人の下宿に転がり込んだ。確か二週間近く世話になったかと思う。友人は昼は学校に通っていたから、昼はやることがなくて京都見物をしたりして過ごしていたが、下宿近くに何度か通った喫茶店があった。それが「シアンクレール」である。確か一階がクラシック音楽で二階ではＪＡＺＺを流していた。京都での逃亡生活の時に通った喫茶店として「シアンクレール」は私の記憶にある。たぶん、この店で、自分のこれからのことを考えながら珈琲を飲んでいたのだと思う。

逮捕状は出ていないらしいことがわかり、私は宇都宮の実家に戻ることになった。そして半年後、実家近くで私服の警官に囲まれ逮捕される。それが一九七二年の六月であった。高野悦子の自殺から三年後のことである。逮捕された私は手錠をかけられ両脇を刑事に挟まれ、今の宇都宮線で上野駅まで行き、そこから千葉警察署まで護送された。一般の乗客に混じって手錠を服で隠して護送される犯人をドラマで見かけるが、そのドラマの一場面を自分が演じることになったのだ。私の逮捕は顔写真入りで地方紙に載った。五ヶ月ほど拘留され、そこから長い裁判闘争が始まる。十六年ほど裁判を続け執行猶予となる。裁判を続けながら私は大学に入り直し、大学院に進んだ。そして予備校講師を経て研究者の道に進む。予備校講師の時に福島泰樹と知り合い歌誌『月光』に短歌時評を書くようになる。それから三十年近く経った。

当時『二十歳のエチュード』も読んだし高橋和巳もよく読んだ。川俣水雪は高野悦子や高橋和巳に自己を重ね、彼らの、解体（死）に追い込まれる生を描く。

二十歳　原点にして終点の〈独り〉〈未熟〉な存在として
すでにもう『わが解体』のただ中の高橋和巳その同じ日を
失恋?と書いてノートを閉じているシアンクレールいつもの席で
六月の雨に打たれて泣いていた紫陽花　未明　鉄道自殺
ひたすらに破滅へ向かう人間の闇を刳れり　人間として
真摯なる深酒重ね辿りつく結腸癌という自己処罰

一九六〇年代後半から全国の大学で盛り上がった大学紛争に、今から考えると信じられないくらいの多くの学生が参加した。ベトナム反戦や反安保闘争にも多くの学生が集まった。当時は高度経済成長による急激な社会変化によって様々な矛盾が露呈した時代だった。戦後民主主義が築き得たと思えた平和や自由が危うくなる危機感もあった。そのような時代を背景に、社会変革を多くの学生が望み、それらの声を封じようとする権力や制度への抗議活動に参加した。そういった学生の中に高野悦子がおり、知識人には高橋和巳がいた。

誰もが闘争と呼ばれるような抗議活動もしくは政治活動に同じように身を投じたわけではない。心情的に支援する者、デモに参加するだけの者、私のように過激な闘争に身を投じてしまう者、非合法の政治活動にすすむ者、あるいは、高橋和巳のように思想や文学を通して抵抗の意思を表明していく者と、そのスタイルは様々であった。ただ、その関わり方がどのようなものであれ、誰もが苦しい葛藤を抱えていたはずだ。

闘争への参加は心を高揚させる。が高揚が醒める局面が必ずあり、その時、自分は本当にこのまま闘争を続けられるのか悩むことになる。学生運動が後退局面になってくると、運動は先鋭化し、特に政治闘争には過激な政治目標を掲げそのためには暴力も辞さない者たちが現れる（その代表が赤軍派だった）。ほとんどの学生はそういった過激な活動には躊躇するが、その躊躇の理由を説明できず、悩みながら、活動の現場から身を引いていった。

多くの学生が参加した全共闘の運動のなかで、一人ひとりが様々な悩みや不安を抱え、葛藤していた。一方でその彼らに闘争という状況は戦うのか戦わないのか絶えず問い詰める。誰もが抱えきれない煩悶に耐えていた。当然、耐えきれないものだっている。高野悦子もその一人であったろう。私の周囲にも自死を選んだ者がいた。私は過激な闘争に身を投じたがやはりそれなりに悩んだ。

川俣水雪歌集『シアンクレール今はなく』を読むと、闘争に参加した者たちのあの時代の高揚感ではなく、闘争に参加した者たちの誰もが抱え込んでいた葛藤や悩みのことが思われる。それは、この歌集の歌が、高揚の側からではなく、高揚が醒めて一人ひとりが抱え込んだ苦しさに寄り添っているからだ。そういった苦しさを歌にした岸上大作の歌が思い起こされるが、岸上大作は、その苦しさを「血と雨にワイシャツ濡れている無援ひとりへの愛うつくしくする」のように美しく（抒情的に）歌うことができた。安保闘争の高揚感を体験していたということもあろう。岸上も追い詰められていた。それ故に美しく歌わざるを得ない切実さがあった。

私より十歳下の川俣水雪は、自死した高野悦子や闘争の敗北をわが解体として引き受けた高橋和巳を通してあの時代の若者の反乱への意思を追体験しようとしている。しかし彼は全共闘闘争の高揚感を経験していない。だからか、体験を抒情的に歌わざるを得ない切実さによってではなく、闘争に参加した者のつらさや敗北の側に自己を重ねざるを得ない。

その意味では、彼の短歌は、抒情へと昇華できないという意味で完結できないのだ。反乱の時代を生きた者の苦しさや怒りに寄り添いながら、その思いを表現として完結した歌（詩）としてでなく、その思いを現在を生きるわがごととして描き続けることが、その思い（高野悦子や高橋和巳）に応えるということなのだろう。彼の歌が様々な引用や本歌取りに満ちているのはそのためだ。抒情のなかに言葉を落とし込めない彼の短歌作りの方法なのだ。

私はどうなのだろう。私も抒情の言葉でかつての体験を表現できない。高揚感は十分に体験してるが、それを美しく抒情の言葉に落とし込めない。それは才能の問題もあるが、抒情的に歌わざるを得ない切実さに欠けていたということもあろう。私の場合、裁判闘争という形で闘争はずっと続いていたということもある。が、何よりも、抒情で振り返ることをためらわせるほどに、悔恨の方が勝っていたからかもしれない。振り返れば果敢に戦ったつもりだが、果敢に戦えなかったという悔恨のほうが大きい。その意味では、同時代の闘争体験を抒情的に歌う歌人の短歌に感動しながらも、どこかで違和を感じてしまうのは、抒情の言葉で美しく振り返ることの出来ない自分の問題なのだと改めて感じた。

さて、川俣水雪の歌に感心するのは、一首一首を抒情で完結させない代わりに、現在の政治や社会への異議を、短歌によって表現し続けていることだ。その異議は、高野悦子や高橋和巳への鎮魂にもなっている。彼らの完結していない思いをわがこととして歌い続けていくという覚悟のようなものがこの歌集にはある。それは本当にたいしたものだと思う。

ところで、彼は栃木県の烏山出身とある。私は二十代、裁判を抱えながら、宇都宮で文具の卸問屋で配送の仕事をしていたが、烏山には配達でよく行った。私のお気に入りの小さな町だった。自然が豊かで風情のある町である。そのことを懐かしく思い出した。

国家からほうっておかれる選択

本稿のテーマは「日本」である。このテーマはとても難しい。何故なら私はあまり「日本」に関心がないからだ。べつに日本が嫌いなわけではない。ただ、日本という名称は、国家と重なるので、こちらとしても構えるところがある。

私は一時熱心な学生運動の活動家だった。当時それなりの思想や理念があってというより、理不尽さに満ちたこの国に怒りをぶつけようとしたといった方がいいだろう。活動家のとき、当時読んだマルクスの影響もあってか、国家の廃絶を唱えていた。むろん、当時の左翼はみんな同じようなことを叫んでいたから、私もそれに倣っていたということだったかもしれない。

その時にすり込まれた国家のイメージは、ほとんどこの世の悪の原因みたいなものだった。次第に、国家はそれなしでは生活そのものが成り立たなくなるシステムそのものであり、国家がなければ医療や福祉がままならなくなるという現実を知るにつれ、国家などない方がいいと簡単に言えるようなものでないことに気づいていく。

国家をなくせば人びとは自己責任によって生きざるを得ない市場経済に投げ出される。そうすれば、生産性を持たないあるいは持てない者は生きられない。今度（二〇一九年）の参院選で山本太郎が生産性で人間をはかるような国でいいのかと叫んで共感を得たのは、今の国家が、国家が担うべき福祉という公共性を軽んじているとみなしたからだ。

それなら、生産性の高い者から税を取り立て低い者に分配出来るように国家を強化していくしかないのか、ということになるが、ベネズエラのようにそれを徹底すれば国民全員が貧しくなり、結局国家を支配する一部の特権層独占の国家になってしまう。社会主義国家はそうやって崩壊してきた。

理想は国家の担う公共性を地域のコミュニティが担うべきなのだろうが、アメリカの保守的リバタリアンのように、自分たちの税金を自分たちのコミュニティ以外の貧困層や他人種に使うなという主張につながりかねない。多民族が行き交い様々な格差が覆うグローバルな社会では、国家の代わりになるような公共性の仕組みを作るのは、現状では無理と言わざるを得ない。その意味でも、国家はすでに個人の自由を抑圧する権力装置という左翼的とらえ方ではとらえきれなくなってきているのだ。

かくいう私も国家からの補助を受けている教育機関にいるわけで、国家に組み込まれていることに変わりは無いのだが、それでも国家が好きになれないのは、国家から自由になりたいと一度は本当に思って行動したからで、その経験を私は今でも大事にしている。国家という必要悪のなかで生きざるを得ないことを受け入れながら、どうしたら、国家を必要としない社会を作れるのかという理想を、自分の神棚には飾っておきたいのである。

一月前のことだが私の活動家当時からの友人が死んだ。彼は今年（二〇一九年）の三月に突然劇症の肺炎になり生死の境をさまよい回復した。だが、結局完全には回復せず、晩年一人で住んでいた西伊豆の借家で死んでいるのが発見された。ちゃぶ台には酒瓶があって、検死の結果死因は多臓器不全ということだったが、弱った体で酒を飲んでそのまま死んでいったのだろう。彼らしい死に方だった。

彼の遺体は一ヶ月地元の警察に安置された。彼には遺族がなく連絡先がわからないので遺体の引き取り手が見つからないというのが理由だった。昔からの仲間はたくさんいたが、友人のような第三者は遺体の引き取り手にはなれない。警察は彼の戸籍を調べようやく兄を探し出したが、兄が引き取りを拒否したため、私たちの一人が遺体を引き取ることになった。彼は、学生運動以降家族とは絶縁状態だった。家族の方も彼のことを捜しているようではなかった。彼は、新左翼の活動以降、定職につかず、家族も作らず、一切の財産ももたず、アルバイトで金を貯めては登山やウインドサーフィン等のスポーツに使い、かつての活動家の仲間と酒を飲む生活を四十年続けていた。老後のことなど一切考えていなかったろう。国家に否を突きつけたその生き方を活動家を止めた後も自分の生き方において貫いていたとも言える。それは国家からほうっておかれるような生き方を選択したということだ。仏教で言えば、在家ではなく出家的な生き方を選んだということになる。

晩年彼は西伊豆に小さな借家を借り、地域のシルバーセンターで便利屋のような仕事をして生活していた。年寄りと呼ぶには彼はまだ若かったから地元の老人たちには重宝がられていたようだ。結局身寄りのない彼の葬式はだせず、私たち友人と地元のシルバーセンターの老人たちだけで、伊豆の山の中にある小さな火葬場に集まり火葬をした。その遺骨を私たちの一人が持って帰った。その場が葬式も兼ねたが、とてもよい火葬だった。

何故こんなことを書いたかというと、彼の生き方は、国家など関係ねえ、という生き方の一つの例であるからだ。彼のような生き方を誰もが出来るわけではないのは、彼の生き方には覚悟があるからだ。執着を持たないのは仏教における生き方の理想だが、彼も執着を持たない生き方をしていた。だから、彼は私たちの誰よりも自由だった。彼の生き方をうらやましいとは思わないが、見事だったとは言える。

もう十数年も前のことだが、中国雲南省の奥地にある少数民族の村に調査に入ったときのことだ。村の老人にどこから来たかと聞かれて、日本から来たと答えた。するとその老人は、日本とはどこにある村かねと聞いてきた。そのとき思ったことは、この老人にとって、世界とは、自分の住んでいるような村が連続して出来ているところと思っているのではないか、ということだった。

山岳地帯の続く雲南省では、かつては村からほとんど外に出なかった人たちも多かったろう。第二次世界大戦が終わって中国国家が成立し、共産党員が雲南省の山奥の村に入っていったとき、中国が日本と戦争をしていたのを知らなかった村があったという。むろん、それは一部の話ではあろうが、雲南省の山岳地帯を調査で行き来しながらそういうこともあり得る、と思ったことがある。

山奥では当然情報は入って来にくいし発信も困難だ。だが、外部との交通は必ずしも地理的条件に左右されるわけではない。生きていくために必要があればたとえ困難な自然条件があっても外との交通（交換）は確保される。が、外部との接触がなくてもぎりぎり生きていければ、外部との交通を面倒くさがり、人は案外自給自足を選ぶのではないか。ただ、外部がそれを許すか許さないかの問題はあるが。

この場合の外部を国家と考える。雲南省の一部の山岳地帯に居住する少数民族の人たちは、かつて外部である国家の支配の及ばない所に住む人たちであった。支配の及ばないというのは、交通困難な僻地に住む少数民族を管理するより、ほうっておいた方が面倒がないと国家に判断されたということだ。なかにはイ族のように、漢族の支配に抵抗し共産国家が出来るまで国家の支配を拒否してきた民族もいる。国家も、その地域を手間暇かけて支配することに政治的、経済的意味が無いと判断すれば、とりあえずほうっておく。そのようにしてほうっておかれたのだ。

歴史的に見れば、雲南省の山岳地域に住む少数民族の多くは、国家を担う漢族の支配から逃れてこの地に移動してきている。だから、国家にほうっておかれたのは彼らにとって悪いことではなかった。税金も払わないでいいし、徴兵もされない。だが、医療も福祉も教育も、インフラ整備も自前でやらなくてはならない。しかしかれらの生産活動は生きていくためのぎりぎりのものでしかないから、いきおい、かれらの生活は原始的なものにならざるを得ない。

文字を待たず原始的な生活を送る雲南の少数民族の生活様式が、国家から逃れ国家を拒否する選択の結果だったことを明らかにしたのはジェームズ・C・スコット『ゾミア』である。かつて文字を使う文化を持っていても山岳地帯で自給自足の生活を選択すれば彼らは文字を捨てる。この『ゾミア』の指摘はその通りである。ただ、少数民族の生活様式に国家に抗する意志を見ようとする『ゾミア』の見方は、やや著者の願望が入りすぎている。資本主義化した中国国家の影響は奥地の少数民族にも及び、今や彼らは、テレビを見、携帯を持ち、国家の庇護のもとに開かれた生活を享受している。そういったことを目の当たりにすると、市場経済の波に逆らえなければ、市場経済と一体化した現代の国家から距離を取ることは不可能であることがわかる。が、いずれにしろ、彼らは、かつて、国家からほうっておかれる選択をした、あるいはせざるを得なかったのは確かだ。そのことは記憶しておくべきだ。

先日火葬場で弔った友人も、雲南の一部の少数民族も、国家からほうっておかれる選択をした。友人は市場経済からも距離を取り、一人孤独な（が悲惨ではない）死に方をした。この国家を日本と言い換えてもかまわない。くどくどと書いてきたが、国家は当面無くなりそうにはない。この国家にあるいは市場経済にほうっておかれる選択をしたものがいても、それはそれでいいんじゃないと手を差し伸べられるような気遣える社会が作れればいい。それが、この文の結論である。

凍結されたこころざし　佐久間章孔歌集『洲崎パラダイス・他』

冒頭二首の日暮れの歌に惹きつけられる。

耳に残る此の世の声の愛おしさ君の背中にもっと日暮れを
耳を咬むそれからやさしく首を咬む喉咬む夢咬む日暮れとなりぬ

日暮れの歌はもう一首ある。

否定する論理も死んでなにもない俺の背中にもっと日暮れを

三首とも「ぶらんき」という章立てにある歌だ。「ぶらんき」は一九世紀フランスの極左共産主義者であるブランキのことだろう。この章には次のような歌もある。

ぼくたちは永久反対運動装置　時代遅れのハモニカ吹いて

「否定する論理」は死んでしまったが「永久反対運動装置」の僕はまだ生きている、そこは「日暮れ」だが。その「日暮れ」で演じられるすべてが、この歌集の世界である、と言っていいように思う。「日暮れ」が呼び起こす時代は過激な青年たちが革命の夢をつかもうとしていた戦後の一時期の昭和。その夢の残影は「洲崎パラダイス」にかろうじて残る。「洲崎パラダイス」はどんな場所なのだろう。作者が「日暮れ」にかつての夢に「咬む」ように浸る所なのか。

　　昭和史の狭間に揺れる灯火（ともしび）は面影滲む洲崎パラダイス

「昭和史の狭間」にあった夢への断念がこの歌集の出発にあると言っていい。だが、その断念を簡単に認めるわけにはいかない。

　　懐かしい未来が僕等を待っているも一度暦を書き換えるため
　　冷凍庫に保留しているこころざしあれがなければ過去は素敵だ

「冷凍庫」に凍結されたあの頃の「こころざし」。それが凍ったままある限り、「過去」は素敵であるはずもない。むろん「こころざし」を簡単に解凍などできるはずもない。それは「暦を書き換える」ことと同じことだ。

マルクスは資本主義は必ず破綻すると予言した。その時こそ革命の時であり、夢の実現の時だと過激な青年たちは信じた。ところが、だんだんと資本主義の終焉があやしくなってきて、資本主義の終焉の前に過激な青年の夢そのものが潰えてしまった。そのような時代の流れを変えることは出来ない。時代は逆行しないのだ。「暦を書き換える」は時代を逆行させること、それははかない願望なのである。

だが、凍結した「こころざし」は、時代の流れを受け入れられない人間を支配してしまう。一度夢に殉じようと覚悟したものに夢はなかったことに出来ないのだ。夢は凍っているだけだから、いつか解凍されるかもしれないと言い聞かせて生きていくものもいよう。あるいは、解凍法を必死に探すものもいよう。問題なのは、解凍の仕方が誰にもわからないということだ。

断念の理由はそこにある。夢の解凍の方法は人智を超えていると思うしかない。だから次のような歌が出てくる。

この邦のどこかに今もあるはずの息づく大樹よ　憑代となれ
寡黙なる滅びであった人気（ひとけ）なき島に灯明のごとく菜の花

凍りついた夢は「大樹」や「菜の花」になって現れるのだと思うしかない。ここまでくるとそれはもう確信ではなく祈りである。だが、この祈りの相手「大樹」や「菜の花」はとても優しい自然だ。夢の解凍を探しあぐねていた者がその解凍を委ねようとした神とはとても思えない。本当はその神は過剰な夢を持つ青年の心を映し出す神だったのではないか。

篝火に亡き神の影が揺れているゆらりゆらゆらただ揺れている
愛おしき異類の神を殺めしは渓(たに)の瀬音が高鳴る夜更け
まれびとは花に埋もれて産土の神となりたもう　惨殺なれど

これらの歌は、神殺しの歌と言ってもよい。ここで歌われる神々は、「否定する論理」を凍らせている者の自画像のごとき他者としての神である。それにしても何故これらの神々は殺されるのか。これらの神が自画像なのだとすれば、この神殺しは自分殺しということになる。結局、これらの神々は凍結された夢を解凍出来ないのだ。そのことをあらためて確認するために呼びだされ殺される神々たちなのだ。そうやって、絶望の深さを確かめているのであろう。
この歌集では様々な神が呼び出されている。特に印象深いのは「無言神」だ。

鈴振れど鈴の音にぶく消えゆけり舞えど歌えど神に届かぬ
生き恥をさらして待てどこの胸に深き御声は二度と届かぬ

こちらの声も歌も舞も届かぬ神もまた呼び出される。届かないことを確かめるためとでも言うように。解凍出来ぬ夢を確かめるように様々な神が呼び出され、結局、「大樹」や「菜の花」というアニミズムの優しい自然（神々）に懐かしい未来が委ねられた。たぶんにそれは、

痛む四肢でいとかろやかに廻ること　舞神として老いてゆくこと

というように、自分殺しの舞を舞っていくしかない作者の、優しい心を映し出しているのだと思える。

立ち尽くす砂時計　　矢澤重徳歌集『会津、わが一兵卒たりし日よ』

冒頭の一首がすばらしい。この歌集のすべてを語っているように思う。

ぼくは砂を胸に流して立っている砂時計に似てただ佇っている

この一首を冒頭に置いたとこの歌集の編纂にあたった福島泰樹が「跋」で述べている。この一首について福島泰樹の帯の文にこうある。

津波で友を喪くした静かなる絶唱である。同時に会津戊辰戦争の悲劇を、福島が背負い込まなければならなくなってしまった原発事故を、時代と人間との悲しみを、砂となって還元させているのである。

この歌集について語るのはこの短い文だけで十分である。もう私がこの歌集について語ることなど何もないのだが、とりあえず個人的な感慨を述べてみたい。

日大闘争の歌が何首かある。

インターの歌知らざればデモ隊の野火に似て湧く日大校歌
法学部校舎「立入禁止」され抗議のデモに降る、机、椅子

私は田舎の高校を卒業し、東京で新聞配達をしながら予備校に通う浪人生になった。仕事のない昼間予備校に通うのだが、通ったのは研数学館という予備校で白山通りの日大校舎の真ん前にあった。ある日、白山通りがたくさんの学生のデモ隊で埋まり、そのデモ隊が日大校舎に突入しようとする光景を予備校の校舎から見ていた。私が東京に出てきて初めて見た全共闘の闘争である。一九六八年のことだ。

そのとき何を感じ考えたのか記憶にないが、妙に興奮したのだけは覚えている。この歌集の日大闘争の歌はその興奮を思い起こさせてくれた。翌年、私は大学に入り全共闘の活動に参加していく。

六月の雨の週末虚しけれど反戦フォークなど誰がゆく
我らみな雨に洗われ立っている街路を走り走り行くため

学生運動といっても、朝学校に行って授業に出ずビラを刷って配り、タテ看を書いたりキャンパスでアジテーションをしたりする毎日だった。その頃新宿西口の地下広場で大勢の人が集まって反戦のフォークソングが歌われ反戦集会のようになっていた。私の学校の仲間もけっこう参加していた。だ

が私は一度も行かなかった。何か違うと思ったのである。うまくは言えないが、私たちが学生運動の渦中に背負っていた何かは、今思えば結構つらくて暗澹たるものだった。反戦フォークを大勢で歌うことでどうにかなるようなものでないことは確かだった。権力の抑圧に抗する運動のなかにいつの間にか立っていて、この先どうなるかわからない不安を抱え、でも先へ行くしかないとにかく走り続けようとした。この二首はあの当時の私のことを歌っている。まざまざと私は当時の自分を思い起こした。

折り返す人もありけり若きらの白虎の墓碑に忘れ雪飛ぶ
夭折の墓碑は冷たく少しずつ固い桜に降り来る雨は
颪はただ坂を吹くだけ屠腹せし若きら並ぶ石段の上

私も会津を訪れたとき、飯盛山の石段を上がった。観光案内の語り部とおぼしきおばさんが白虎隊の自刃の様を朗々と語るのを聞いて不覚にも涙が流れた。

何が悲しいのだろう。あのおばさんの語り口が悲しさを引き起こしたのは確かなのだが、彼らの死にはある理不尽さがある。その理不尽さを回避できないことが悲しいのだ。私がここで感じ取った理不尽さとは、自刃にいたる状況は人為的なものであるのに、その状況に摑まれ割を食う者はその状況を選べないということである。彼ら少年は、戦争を回避する知恵が大人にあったならあるいは少年を戦場に送らない覚悟があったなら、死なずにすんだのだ。

私たちの社会はこのような理不尽さを常に作り出してきた。太平洋戦争で多くの兵士が戦死した。彼らもまた戦死にいたる状況を選べなかった者たちだ。戦後学生運動があれだけ盛り上がったのは、民主主義を標榜しながら、このような選べないという理不尽さがまた繰り返されるのではないかという危機感があったからだ。戦後の社会は、理不尽に死んでいった一兵卒の兵士たちの無念の記憶を抱えていた。安保反対から始まる戦後の学生運動は、戦争という状況を自分たちでは選べず戦死を覚悟するような理不尽さにたいする「否」であり、その「否」を意思表示するための反乱でもあったのだ。

東北の大津波によって犠牲になった人たちへの悲しみは、抗うことの出来ぬ自然の脅威の前になすすべもなく奪われた命への痛みであるが、この痛みもまた理不尽さに対する私たちの心の反応に他ならない。この理不尽さは人為的なものに起因しないから「否」とは言えない。誰にも訪れる死に対して抗えないのと同じである。

さて、悲しみという反応は、人為的なものに由来する理不尽さに対するものであっても、死のような抗えない理不尽さに対するものであっても、区別がない。どちらも痛いほど悲しいだけだ。前者の悲しみをなるべく少なくしていくように私たちは努力しなければならないが、その悲しみが尽きることはないだろう。

だからといって、前者の悲しみを抑圧し、悲しんでないで怒れなどと簡単には言えない。ほとんどの理不尽さは、私たちが自分のおかれた状況を選べない一兵卒であることに由来するが、その理不尽さに由来する悲しみを、一兵卒でしかないものたちは、死という抗いがたい理不尽さに捕らえられてしまったものとして受け止めるのだ。死（もしくは自然）の前では、権力を持っていようといまいと誰もが平等に一兵卒なのだというように。このような理不尽さの受容は、まったくもって人間的である。革命家が宗教を嫌うのは、宗教は、前者のような理不尽さを後者の死という理不尽さにすり替えて社会変革の意思をなくすように見えるからだろう。だが、一兵卒には悲しみ抜くという方法によってしかその悲しみを超えられない。その悲しみを無理に抑圧すれば人間的であることを失いかねない。

ここで言う人間的であるということは、私たちが悲しみから逃れられない存在であり、その悲しみを悲しみ抜くことでしか生きる術を見いだせない存在であるということだ。文学は、そのような者たちのためにある。文学（特に短歌という表現）は、悲しみ抜くことを否定しないことによって、存在を何らかの高みへと引き上げてくれる言語表現なのだ。だから私たちは人間的であるかぎり文学を捨てられない。

この歌集の冒頭の一首を改めて鑑賞すれば、人為に由来する理不尽さも、死のごとき自然の理不尽さも悲しみ抜く存在（自分）にとっての悲しみとして受け止め、それを普遍的なもの（砂時計の砂）に昇華し得ている。まさに文学の役割を見事に果たしている一首である。

岸上大作に自分を重ねる

あらためて岸上大作の歌や文章を読み返した。身につまされるという言い方があるが、ほんとうに身につまされて客観的に論じようとする気分になれないというのが正直なところである。

彼は私より十歳年上である。誕生月も同じなので、ちょうど十年早く生まれたということだ。彼の家は貧しく母子家庭だった。それでも向上心が強く大学にまで進んだ。文学に傾倒し短歌を創作。入学後六〇年安保闘争に参加し反体制の側で生きることを決意するが、文学（短歌）も続ける。大学短歌会のある女性に恋をし失恋。そして、自殺。

十年遅く生まれた私も同じような人生だった。母は私が六歳のときに離婚しその後再婚したが、一時母子家庭だった。再婚後も貧しい生活だった。左官職人だった養父の稼ぎは少なく母が働いてなんとか生活が成り立った。私は養父の反対を押し切り母の助けで東京の私立大学に進学した。向上心が強いというより自分の置かれた環境からなんとか抜け出したいという思いが強かった。救いは文学だった。文学好きの自意識過剰な青年だった。大学に入学したら、七〇年安保闘争、そして全共闘運動のさなかである。時代に対して鬱屈した思いを抱いていた私は反体制の戦いに積極的に参加した。私も失恋経験がある。岸上ほど自分を追い詰めなかったが、自分がぶざまだと岸上が自分を評した気持ちはよく分かる。

このように岸上と私を重ねてみると、私は、岸上が安保闘争に関わっていったときの心の揺れ動きが分かる気がするのだ。岸上に対して、誰かが、学生運動に身を投じてる場合か、恋と革命などと青臭いことを言っていないで、貧しい生活のなかで苦労しておまえを育てた母親を楽にするために真面目に勉強して就職しろ、と説教してもおかしくないそういう境遇に岸上はいたと思う。が、そういう境遇だったからこそ、彼は学生運動に身を投じなければならなかったのだ。だからこそ彼は自分を追い詰めざるを得なかった。

岸上大作は「寺山修司論」のなかで次のように寺山を批判している。

寺山修司は、短歌リズムの駆使あるいは短歌リズムへの投身によって、「われ」を多様な状況に設定し、つまり拡大安定期にある日本の国家独占資本主義社会の現実に呼応・迎合し、「われ」をそこへ拡散し、そこで「われ」を喪失する。そのことが、寺山修司のいう社会性なのであり、また「われ」を喪失し、それに呼応・迎合することが現代社会でいわれるところの社会性でもあるのだ。このみごとな調和に、ぼくらはもはや批判のことばをもちえない。〈略〉自己を喪失している寺山修司の作品はもっとも「現代的」であるのだ。（「寺山修司論」現代歌人文庫『岸上大作歌集』所収）

岸上大作は寺山修司に一種の羨望をもっていたかと思う。それは、寺山が、岸上のように、学生運動に身を投じるのか投じないのかと悩み、他に生き方の選択肢を見いだせないような「われ」から自由であるように見えるからだ。日本の国家独占資本主義社会の現実に呼応・迎合し「われ」を拡散し喪失する現代の若者の「われ」のようには、岸上は生きていない（そのように生きられる境遇にいない）。寺山がそのように生きていたかどうかは別として寺山はそのような現代的「われ」を見事に描く。岸上はその見事さを評価しつつ次のように言わざるを得ない。

かたちのないものまでが、かたちになってしまうといった、すべてが独占資本主義の繁栄・安定のムード・様式である現代において、そのリズムがもっとも洗練されていて、もっともそのムードに便乗しやすいあるいは利用されやすい短歌においては、そのリズムに抵抗し「われ」に執着することが、文学としての存在理由をうる方法ではなかろうか。（「寺山修司論」）

そのリズムに抵抗する「われ」とは、現代の独占資本主義の繁栄・安定のムード・様式に抵抗するということである。寺山の「われ」は抵抗していない。むしろ抵抗する「われ」を喪失している。「文学（短歌）は、『個』の内部に閉じこもるのではなく、『個』と現実社会との格闘の苦渋から生まれる」（「寺山修司論」）と考える岸上にとって、「格闘の苦渋」のない寺山を以上のように批判せざるを得ないのである。

この批判はわかりやすいがあまり的を射たものではない。まず「独占資本主義の繁栄・安定のムード・様式」を体現するリズムに抵抗する「われ」であるべきと言うが、岸上大作の短歌について三枝昂之は次のように述べる。

つまり岸上は、最も普遍的な定型詩の方法の中に、六〇年安保という事実の〈場〉とそれへの自己の「世界総括」の肉声とを刻みつけて、恋と革命という合一せざるものへの烈々たる恋情を二つながらに体現した。（「岸上大作―未明の階梯」現代歌人文庫『岸上大作歌集』所収）

この評は岸上の代表作「血と雨にワイシャツ濡れている無援ひとりへの愛うつくしくする」を踏まえて述べたものだが、結局、岸上の短歌は短歌の伝統的なリズム（様式）をいかすことによって成り立っているということである。その伝統的リズムは独占資本主義の繁栄・安定のムード・様式に抵抗するものでは当然ない。つまり、抵抗する「われ」の具体性を岸上は短歌において提示できていない。また、「個」と現実社会との格闘の苦渋から生まれるものを描くべきという言い方で寺山を批判するが、喪失した「われ」を描く寺山に「現実社会との格闘の苦渋」がないとは言えない。むしろ寺山は喪失した「われ」を逆手にとって国家や社会の秩序にどうやって抵抗するのか模索し試みたと言うべきで、そこには、現代社会を生きることの苦渋が当然あったはずである。その苦渋の主体を、独占資本主義に抵抗する主体と呼びうるような安易な「われ」の設定にしない慧眼が寺山にはあった。それは、「国家独占資本主義社会の現実に呼応・迎合」といった左翼的言辞の縛りに捉われない自由さがあったということでもある。彼から見れば岸上の言う「われ」は左翼的言辞に縛られた「われ」であって、その意味では岸上の寺山への批判など意に介さなかったであろう。

確かに岸上の文は左翼的言辞に縛られたものである。例えば次のような言い方がそうだ。

ぼくらはこの二十年間を、日本資本主義が、その発展の一段階である帝国主義との対立をまねき、その一九四五年における軍事的敗北により、アメリカ帝国主義の占領政策である〈民主化〉という偽装のもとに、合法則的に、国家資本主義へと発展し、安保改定という、アメリカ帝国主義への独立要求を出すに至るまで高度化されたという明確なヴィジョンとしてとらえることができるのである。（「寺山修司論」）

この内容は、どこかの政治党派の機関誌に書かれている左翼的戦後日本社会分析であって、岸上はその分析を、そのまま寺山修司批判の文章のなかに入れてしまう。この分析は、資本主義の発展段階というマルクス理論の枠組みのなかに戦後日本を落とし込んだ分析であって、岸上が、日本をリアルに分析していないことがよく分かる。このような文章で寺山を批判しても寺山に馬鹿にされるだけである。

だが、そういえばこんな内容のことをアジテーションで叫んでいたなと思い起こす私は、このような文章をそのまま使ってしまう岸上の気持ちがよく分かるのだ。このような言い方は一種のアジテーションであって、正確に状況を捉えているかどうかなどということにはこだわらない。むしろ、左翼がいかにも使いそうな言葉であることが大事で、その言葉を使うことで、自分が資本主義打倒の立場をとることの決意が伝わればいいのだ。つまり岸上にとって大事だったことは、自分が反体制という立場に立つことの表明であって、そのような立場をとる理由の説明は通り一遍な左翼的言説で事足りたのだ。全共闘時代私たちがアジビラに書く文章もだいたいそんなものだった。岸上の文は、無論、アジビラではないが、今読み返すとその要素がある。

むしろ読み取らねばならないのは、このような文章を書かねばならない岸上の切実さである。「日本の国家独占資本主義社会の現実に呼応・迎合し、「われ」をそこへ拡散し、そこで「われ」を喪失する」という分析による「われ」、つまり国家独占資本主義社会の現実に抵抗しない「われ」は、戦後社会における富の分配の恩恵を受けている者たちである。その恩恵を享受できない層にいる岸上が、国家権力と戦うのかどうかと突きつけられたとき、戦うという選択をしたのは、それが彼にとっての必死の自己承認であったからだ。その必死さがあのアジビラのような文章を書かせている。

必死というのはやや大げさな言い方だが、ここで指摘したいことは、裕福な家庭で育った若者が正義感や理想主義といった観念によって安保闘争に参加するのとは違って、彼には、自分の置かれた境遇故に戦わなくてはならないという思い込みがあったということだ。同時に、貧乏にもかかわらず大学に行かせてくれた親の期待を裏切るという後ろめたさも抱え込んでいた。だからこそ、彼は戦う自分を必死に作らざるを得なかった。そうしなければ、もう戦えないと音を上げる自分、あるいは何故戦わなきゃならないのかと自問するもう一人の自分に負けてしまうからである。つまり彼には学生運動に参加していくことに躊躇するところがあり、その躊躇に負けないように、戦う自分を必死に作っていたのだ。だから、次のような歌が思わず出てくる。

地下鉄の切符に鋏いれられてまた確かめているその決意

(Ⅲ・5月13日・国会前)

「また確かめている」という躊躇の感覚が私にもよく分かる。私もいつも確かめていた気がする。私もそうだが、岸上大作も無理をしていたのだなという気がする。彼は、暴力が伴うような権力との激しい戦いに耐えるには繊細すぎたのだ。同時に、戦う自分を装うことに精一杯で（ほとんどの学生がそうだったろう）、戦う現場では戦えない自分が思わず顔を出してしまう。

意志表示せまり声なきこえを背にただ掌の中にマッチ擦るのみ
装甲車踏みつけて越す足裏の清しき論理に息つめている

よく知られたこれらの歌も、ある意味では躊躇を歌っている。「意志表示」を迫る声に反射的に反応できない自分を歌っている。二首目も装甲車を踏みつける戦う行為に高揚感でなく「息つめている」と応えてしまう。彼の短歌が多くの若者の心に響いたのは、彼の躊躇、別の見方をすれば、戦わなければならないと必死であるその自分の中の弱さを歌ったからだ。

失恋が何故あれほど岸上を追い詰めたのか、という問いがどうしても残る。失恋は自意識を破壊する。岸上の自意識は戦う自分を装うことによって作られていた。独占資本主義の繁栄・安定のムード・様式に抵抗する伝統的な短歌のリズムに抵抗する、という短歌革新への意気込みも自意識を作っていた。だが、彼には自信はなかった。一方で学生運動に身を投じて戦っていくような強さを持っていないことも分かっていた。彼の短歌は、三枝昂之が指摘するように伝統的リズムにいかされて、弱い自分を歌っていた。つまり、彼が作り上げていたあり得べき自己は脆く、崩れかねないものであった。失恋は、その、自分の存在理由として必死に作り上げていた自己を、一挙に壊してしまったのである。失恋は時にそういう恐ろしい力を発揮する。

失恋によって存在理由が壊れ、自分はぶざまだと岸上は書き付けた。が、自死しなくても、存在理由はいくらでも見つけられたはずであろう。たいていはそうやって立ち直る。何故それが出来なかったのか。愚問であるが、そういうやつもいるとしか答えようがない。ただ述べておきたいのは、彼の歌は私を含めて多くの人々を感動させた。その彼の歌の良さを、短歌の可能性として彼自身が早くに気づいていたら、と思うのである。

さて、以上は、私と重ねてつづった岸上大作の物語である。だから述べたことに確証はない。が、それほど外れてはいないだろうと思っている。

債務を返す詩人たち

白島真詩集『死水晶』

詩集『死水晶』の作者白島真と私は生まれは一年違いだが同学年である。だから、この詩集の詩のいくつかはとてもよくわかる。むろん、わかるというのは、こっちの勝手な思い込みだが、その思い込みの根拠は、時代の共有体験ということになろうか。

とくにⅡ「一九七四年〜」の詩は、そういえばこんなふうに世界を感じたことがあったのかもしれないと、十分に思わせてくれた。

一九七四年私は何をしていただろうか。二十五歳の私は、故郷の宇都宮の、文房具の卸問屋で配達の仕事をしていた。裁判を抱えていた。全共闘時代、三里塚闘争に参加し、捕まり起訴された。それから被告団の一人として裁判闘争を続けていた。政治活動を止め故郷に帰って月一度の裁判を抱えながら、食うために地元の小さな卸問屋で働いていたのだ。

三里塚や東京で活動していた仲間はまだ政治活動を続けており、私は政治活動を止めて故郷に戻ったということになる。貧乏だった両親は懸命に働いて私を東京の大学にいかせてくれたのに、わずか二年で大学を止め、学生運動で有名になって戻って来たのだ（私が逮捕されたとき地元の新聞に顔写真入りで載ったらしい）。とんだ親不孝者なのだが、これ以上学生運動を続けることは親との縁を切るのに等しく、さすがに、食うや食わずの生活のなかで必死になって育ててくれた親の縁を私は切れなかった。とりあえず親の元で暮らし、仕事をしながら裁判を続けることにしたのである。

まだ政治活動を続けている仲間たちに申し訳ないという思いを抱えながら、自分の未来はどうなるのだろうという暗澹たる気分のなかで、私は一九七四年を過ごしていた。私に出来ることはひたすら本を読むことだった。裁判が決着すれば実刑は確実視されていたので、今自分に出来ることは本を読むことぐらいだと思ったのである。本をたくさん読んでおけば、それなりの人生は送れるだろうという大して根拠のない期待だったが、今考えればそれほど間違った選択ではなかったように思う。岩波の文庫本を片っ端から読んでいった。脈絡のない乱読だから、たいした教養がついたわけではなかったけれど、読んでは考え、考えながら読んでいたから、ものを考える習慣はついたのかなと思う。今、評論めいた文章を書いているが、それなりに文章が書けているとすれば、この時期のひたすらな読書とむやみやたらの思索のおかげだろう。

小説を書いてみたいと思ったこともある。が書けなかった。才能の問題と言ってしまえば身も蓋もないが、おそらくは、私は出来事の当事者でありすぎて、その出来事を言葉でフィクション化するには無理があり、その出来事を無視して他の出来事を描くこともなおさら無理だったということだ。

詩や短歌は書けたのかもしれない。だが詩の神様は私に何の才能も与えてくれなかった。三里塚で闘っていたときの知り合いに、まどかと呼ばれていた男がいた。彼とは仲がよかった。彼は闘争から身を引いて、奥村真という詩人（詩集に『分別の盛り場』『ぬらり神』がある。白島真とは別人）になった。詩の神様が彼を選んだことを私はとてもよくわかる。

極端な言い方を承知で言えば、彼は死にたがっていた。むろん、彼がそのように振る舞って生きていたということではない。彼の封印された生からそれはうかがい知れた。酒を飲んだときにそれは顕著に現れた。酒を飲み出すと徹底して自分を壊した。飲んでめちゃくちゃになる彼を周囲はあたたかく面倒みたが、誰もが、そのめちゃくちゃさは、単なる酒癖ではなく、時代の重荷を彼が抱え込んだせいだからだと知っていたのである。

私は彼の生き方を見て詩人というのはこうあらねばならないのかと思ったものだ。純粋で繊細すぎるし、ごまかしがきかない。私にはないものだ。詩人とは、たぶん、戦場みたいな場所で、多くのものが無念にも死んでいったのに、自分だけが生き残って、死んでいった彼らにたくさんの債務を負っている、と思ってしまった者のことだ。奥村真と付き合ってそのように感じた。

酒を飲んではめちゃくちゃになって生き急いでいた彼は、そうやって債務を返していたのだろう。彼の生き方はほんとうに危うかった。晩年は生活も落ち着き、俳優になって映画のちょい役などに出ていたが、酒を飲むと相変わらずで、ある日、郊外のレストランで一人酒を飲んでいた。レストランの客が大声で騒いでいたので注意したところ、運悪く相手は元暴力団で、ぼこぼこに殴られ、意識を失い病院に運ばれ、死んでしまった。

悲惨な最期だったが、債務を返すために、流れ弾にあえて当たることを選んだ彼らしい死に方だったかもしれない。

三里塚闘争は激しい闘争だった。何人かが死んだ。闘争後、青年行動隊のSが自死し、私の身近にいた活動家も自死した。精神というレベルでの死に瀕した者も多かったろう。詩人奥村真の債務には、そういった死者たちがいる。私もそういった債務を負っていたはずだが、私自身これからどうなっていくのだろうかと考えるだけで詩人のように思案する余裕などなかった。私自身が私にとって債務のようなものだった。が、そんな私にも、他者への債務は私の精神のどこかで私を密かにつねり続けていたのだろう。

『死水晶』のなかの「断章・貘の沈む水平線」という詩の一節は身につまされる。

炎たちはどこへいったの？
ほらほら　風の中に風が舞って
ぼくの堅い跫音がまた聞こえてくるよ

＊

きのう噛んだ空の青さが
赤い痛みとなってきょう滲みだす
侵されていく生命の垂直なやさしさを
凍える陣痛のことばで語る　あす

＊

まだ生かされていることの重さが
虹の背骨をめりめり砕くから
ぼくには消えていくものが
よくわかる

一九七四年にこんな詩を書く作者白島真は、たくさんの債務を抱え込んで、詩の神様から、詩のことばでその債務を返すように託された詩人なのだということがよくわかる。

びしょ濡れのまま

渡邊浩史歌集『赤色』

今、福島さんからご紹介いただきました岡部です。福島さんの歌は若い頃から好きだったのですが、福島さんと出会ったのは駿台予備校で小論文の講師をしているときで、福島さんも講師でいらっしゃいました。私は福島さんのファンだったものですから、親しくさせていただいておりました。私の専門は日本古代の『万葉集』で、現代短歌についても興味をもっておりましたので、福島さんから「『月光』で文章を書け」と言われ、それ以来三十年くらい歌誌『月光』で短歌評論を書いております。

今は大学に勤めております。日本古代の文学『万葉集』や『古事記』を研究しております。それから、中国少数民族の文化調査、特に歌を掛け合う文化である歌垣文化の調査をしています。『万葉集』は文字で書かれた歌ですけれども、当然、声でも歌われていた訳です。『万葉集』のベースには膨大な声で歌われていた歌の世界があって、私はその声の歌の世界に惹かれていまして、なんとかその声による歌の世界に出会えないかと思い、今でも声による歌の世界が生きている中国の少数民族の歌文化を研究するようになった、というわけです。中国の西南地域の少数民族では今でも日本のかつての歌垣のような歌の掛け合いを行っていて、私はその歌の掛け合いに魅了されて毎年のように中国に出かけて歌の調査や記録を行っております。昨年は、おかげさまで、これまでの研究をまとめた本『アジア歌垣論』を出すことが出来ました。一方、現代の短歌についても、歌誌『月光』でいろいろ書かせていただいておりまして、ほんとうにありがたいなと思っております。

渡邊さん、この度は歌集出版おめでとうございます、私は「黒田和美賞」の選考委員をしておりますが、昨年十一月の選考委員会の際、歌集『赤色』が黒田和美賞の候補としてあがり、授賞となりました。あらためて、おめでとうと言いたいと思います。

何人かの方が仰っていましたが、装幀が素晴らしいし、また歌も素晴らしいと思います。実は、私は、歌誌『月光』の評論担当でして、後で『月光』にこの歌集について何か書かなきゃいけないなあ(笑)、などと思いながら、いままでのスピーチを聞いていたのですが、まさか自分がここで喋ることになるとは思っていませんでした。でも一応評論家ですので、この歌集について考えていたことの一端を披露したいと思います。

例えばこういう歌があります。


わが往くは驟雨の彼方など笑止　雨垂れにさえびしょ濡れとなる

自分は驟雨の向こう側に行かなければならないんですね。しかし、自分は行かない、自分はびしょ濡れとなるんだ、つまりここでびしょ濡れとなって生きるんだということだと思うのです、この歌は。この歌を理解するのに、例えば福島さんの有名な歌で「ここよりは先へ行けないぼくのため左折してゆけ省線電車」というのがありますが、この歌を重ねるとよく分かります。両方とももう先へは行かないと言っているわけです。ですが、渡邊さんは「わが往くは驟雨の彼方」ですから、雨の降っている向こう側にはもう行かない、びしょ濡れで生きる、と言っているわけで、これは福島さんの歌と同じようなんですが違うんですね。福島さんは「ここよりは先へ行けない」と言っている、渡邊さんはそうは言っていない。「ここでびしょ濡れになって生きるしかない」という言い方しかしていないんですね。ここにやはり福島さんの時代と渡邊さんの生きた時代、あるいは、二人の生き方の違いといったものが出ている気がします。

僕は全共闘世代です。福島さんと僕は七つくらい違うんですけれど、やはり同世代だなという感じがしていて福島さんの歌がよく分かる。僕と福島さんの同時代の感覚は、学生運動です。政治運動、或いは大衆運動と言ってもいいんですけれど、体制と呼ばれた鬱陶しいシステムを壊したい、社会を変革したいとする熱気に若者が共通して取り憑かれていた時代で、福島さんも私もその時代の高揚感を一回味わっているんですね。

福島さんのバリケードの歌、あれはまさに観念として学生運動を歌ったのではなくて、自分の存在をその運動の中に身を投じたその時の高揚感、バリケードの中はひとりじゃありませんから、何百という学生たちがいる中でのその一体感としての高揚感といったものを味わったわけですね。そのような高揚感は、福島さんとはやや時代が後になりますが私もまた味わっております。その後に、私たちの運動はそのような高揚感を失ってゆくわけです。大げさに言えば敗北ということなんですが、そこで様々な悲しみだとか、びしょ濡れ感を味わっていきます。高揚とびしょ濡れ感、我々の世代はその両方を味わっているんです。

ところが渡邊さんはそうではない。先ほどから「竜二」という映画の話がとりあげられています。

渡邊さんが高校生のときにたいへん影響を受けた映画だということです。私の学生運動の時のヤクザ映画は高倉健の「網走番外地」で、池袋の文芸坐でオールナイトで上映していたんですが、全共闘の学生がよく観に行ってました。「網走番外地」や「昭和残侠伝」といったヤクザ映画は、みな観ていたと思います。高倉健が最後の場面でドスを持って殴り込みに行く時に全員「異議なし！」って叫ぶんですよ、映画館の中でも高揚感を持ち込むんですね。

でも「竜二」は全然違いますね。どちらかというと、高倉健が殴り込んだ時に真っ先に斬られるチンピラの側の映画なんです。高揚感のない、いわばびしょ濡れ感しかない映画だと言っていいと思います。色々と希望もあっただろうに哀れに死んでいく若者の映画、それが「竜二」という映画です。

渡邊さんは、十八歳で、映画「竜二」を観て、監督の金子正次の感化を受けて自分の生き方を決めてしまったようです。考えてみれば、かなり変な高校生だと思います。十八という未来に様々な選択肢を持っている若者が、「竜二」に影響されて、他の普通の高校生のように社会へ出ていく進路を決めずに、アウトローに憧れるという、やっぱり変な高校生ですね（笑）。そこから、つまり、高揚感を持たずにいきなりアウトローの世界に入ってしまった生き方というのが本当にこの歌のなかによく出ていると思います。

福島さんの歌の「行けない」には、先へ行こうとする主体の行為があって、その行為がだめになって行けなくなったという敗北感のようなものがあります。だが、渡邊さんの歌には敗北感はありません。先へ行こうとする行為が最初からないからです。なのに、びしょ濡れ感だけがある。このびしょ濡れ感はいったいどこから来るんでしょうか。それを理解することが、この歌集を理解することなのだと思います。

わかりやすい言い方をすれば、渡邊さんは、敗北感を背負って生まれてきた世代ということでしょうが、この言い方がつまらなければ先へ行こうとするその先そのものが失われている世代と言えばいいでしょうか。ここで取り上げた福島さんと渡邊さんの歌の違いは、とりあえずはこのような言い方で理解は出来ます。

だが、渡邊さんの歌には、そのような違いを超えてしまうような、福島泰樹の歌に響き合う何かがあります。例えば次のような歌があります。

仰け反って透ける肋のむこうまで俺の生まれて来たる逆説
生贄にあけわたすもの剝き出しのあいでんてでい俺の腸(はらわた)

こういうすごい歌があるんですけれども、「生贄に」は渡邊さんのエネルギーのようなものをよく表していると思います。福島さんの歌が他者への鎮魂、無念を抱えて逝った死者たちへの鎮魂とすれば、渡邊さんはやはり自分を鎮魂しているということなんだろうと思います。そこから自分を高揚させ歌にしていく凄いエネルギーを導きだしているんだなと思います。だから渡邊さんの歌にも高揚感はあるのですが、その出所が違う。福島さんの歌には時代を共有するものたちの共同的な体験がありますが、渡邊さんの高揚感は、自分がひとり生きていくための孤独な営為としての高揚感といったものだと思います。

渡邊さんの歌が福島さんの歌に似ているという指摘がありますが、それは、福島さんから文体を貰って、自分を励ます高揚感の作り方を学んだからでしょう。そこから渡邊さんなりの歌の世界を作ろうとしているんだなと私は思いました。

（本稿は『赤色』出版記念会でのスピーチに少し手をいれたものです）

第二章　母のことなど

死者たちの物語　福島泰樹『下谷風煙録』

「跋」に「死者は死んではいない。死者たちが紡いできた記憶と夢の再生！　歌がそれを可能にするのだ」と書いてある。この言葉がこの歌集のすべてを語っている。

挽歌の歌人である福島泰樹はずっと「死者たちが紡いできた記憶と夢」を歌で再生してきた。私は『空襲ノ歌』の歌集評で、死者は死者であることを簡単には納得しない、誰かが死者のその「思い」をすくい取らなければならない、という文で書き出したが、今回も同じである。今回の歌集でも、福島は、死者に寄り添い、死者の思いを歌にする。

ただ今回は何故か次のような歌が心に残った。

ふかぶかと夢をみていた生まれ来て死にゆくまでのあいうえをせよ
朝に泣き昼にまた哭き夜を啼く　どうしようもない俺の鶯
裏切ってきた真心のそのゆえに鴉カと啼き　俺はクと泣く
父の享年はるかに越えて酔っ払い放埒つらい朝さえもある
一万試合は観てきた俺の眼窩からある日歪みて消えゆくリング

いずれも死者ではなく自分をうたっている歌である。死者に寄り添い死者の思いを言葉にする者の、自己への振り返り方（悔恨と言うべきか）がここにまざまざとあらわれていると、感じたのである。

このように感じたのには理由がある。私事になるが、三年前に実家の宇都宮に住む母を交通事故で亡くした。八十七歳であった。六年ほど前に二歳下の弟がパーキンソン病になり、弟を一人で介護する日々だった。弟は独身でそれまで母と二人で暮らしていた。病にかかってからは弟は自力では風呂にもいけず、トイレにも不自由する。六十キロ以上もある弟の体を八十七歳の母は必死に介護し、地獄のような暮らしだと私にくどいた。

母は小学校を卒業するとすぐに両親に連れられ満州に渡った。満州で満蒙青年開拓団として来ていた同郷の青年と見合い婚。その青年が私の父（実父）となるが、彼は満州で徴兵されすぐ敗戦、そのままシベリア抑留。母は妊娠し、引揚の途中、自分の母親を引揚者の多くを襲った腸チフスで亡くす。母は引揚の途中で出産。その赤子も結局引揚船の中で死なせている。

敗戦後の二年後に父が帰ってくる。その二年後に私が生まれたということになる。ところが私が七歳の頃、父が賭け事に狂いだし仕事も辞めてしまう。母は私と弟を連れて家を出た。それから、母は二人の息子を抱えて必死に働く。私が中学に入る頃、貧乏人を集めたような長屋に住んでいたのだが、隣の部屋に住んでいた左官屋の男と母は一緒になった。彼が私の養父となる。母にとって意に沿わぬ再婚だったが、その長屋の大家（実は母の親戚）のすすめで生活のため仕方なくであったらしい。養父は酒乱で、私と弟は養父に反発し、そういう事情で私は平和な家庭というものを知らない。生活は貧しかった。養父の収入は安定せず、母が働いてなんとか生活出来ていた。私は商業高校に入る。こういう環境だから当然である。が、高校に入ってから私の自分の境遇への反発心のようなものが頭をもたげてきた。なんとしてでも大学に入ろうと思い始めた。

ここからは私の親不孝の物語になる。浪人のとき東京で新聞配達をしていた。昼間水道橋の予備校に通っていたが、目の前が日大の校舎で全共闘の学生がバリケードを作りデモをするのを見ていた。両親が必死に働き、母に同情した人が入学金を出してくれて私は大学に入れたが、結局、私もバリケードを作る全共闘となって、大学もやめてしまった。母はそんな私になにも言わず仕送りを続けてくれた。

福島泰樹の歌集評にこんな私事を書き出したのは、やはり歌の影響であると言っておく。この歌集は読み手のそれぞれの記憶、それは、読み手が寄り添ったに違いない死者と読み手自身の記憶を呼び起こすのである。

実は以上のようにつづった私の母への記憶は、母が亡くなる一年前から、実家に行く度に母に聞き書きしたものである。人間の記憶はいいかげんなもので、私は母の人生をよく知らないことに気づき、自分の記憶にも自信がもてないでいた。それで、行くたびに母に昔のことを聞きメモをとっていたのである。もう話すことがないよと言って、聞き書きが終わってから、三ヶ月もたたずに母は事故で亡くなった。自転車で歩道を走行中脇の道路から出てきた車に轢かれたのだが、運転していたのは私と同じ歳の女性で、ブレーキとアクセルを踏み間違ってそのまま母を轢いてしまったのである。実は母は、この事故の一週間前に葬儀社に行って、自分の遺影の写真をとっていて、葬儀の時の割引の手続きもしていた。こういうことってあるのである。

母が亡くなり、やむなく弟を施設に入れた。だが、弟は施設で転倒して骨折。肺炎を起こしあげくに脳梗塞で一年後にあっけなく亡くなった。

さて、母と弟の死を見届けてから、私の悔恨の日々が始まった。最初は、最近の母と弟の暮らしをもっと助けられなかったのか、という後悔だったが、だんだんと過去に遡って、それこそ私の人生そのものが悔恨の対象になった。

死者たちが思い残したであろう思いを、生き残った私は債務として負ったということである。死者たちの無念さの原因に、私の生きてきた一つ一つが関与しているのではないかという悔恨である。私はシャーマニズムに関心があり、死者の言葉を語るシャーマンの取材をしたこともある。巫女の語る死んだ親の言葉を聞いて号泣する遺族の悲しみが、今はよくわかる。やはり号泣する心には悔恨があるのだ。

だが、このような悔恨は言葉が織りなした一つの物語でもある、と私は一方で思うのである。つまり、言葉の介在によって、初めて私は母や弟の無念を感じ悔恨にさいなまれるのだ。とするなら、私の悔恨は他者の悔恨である。言葉は他者の悔恨を固有の悔恨のように私に見せる仕組みそのものであるからだ。

以上に綴った母の物語は、他者の母の物語の一部抜粋である。戦後すぐの混乱期に母となった女性たちの多くはそれこそ凄まじく生きていたろう。そこには無数の母の物語があって、私はその物語の一部を自分の母の物語として投影したにすぎない。当然悔恨もである。

だからこそ、私は福島泰樹の死者たちの歌に、影響を受け、私の母のことを思い起こさずにはいられなかったのである。福島のうたう死者たちもまた、他者としての死者であり、他者にとっての死者である。その死者の思いも、他者である死者のあるいは他者にとっての死者の思いである。言葉によって呼び出されたその死者たちが、福島の記憶に、福島にとっての固有の死者たちの物語としてまざまざと刻んだのである。私もそうなのだ。死者たちを私の記憶から呼び出したのではない。死者たちに私が呼び出され、私の固有の記憶として与えられたのである。

比喩的に言えば、こういうのを憑依と言う。私は福島泰樹の歌に憑依を見る。そして、歌集を読んだ私自身も少しばかり憑依を味わった。

満州からの引揚

冨尾捷二歌集『満洲残影』

『満洲残影』を一読して、やはり、満州からの引揚体験の歌に圧倒された。谷岡亜紀による「モノクロームのドキュメント」という帯のコピーがすべてを語っている。まだ少年であった冨尾氏の引揚体験が、言葉による映像で描写されていく。歴史的な現場にいたものしか描けないし、そして、誰もがこうは歌えないであろう、という歌が続く。

断ち切られ砕け散らばり自失せし昭和二十年のあの夏休み
我が乗れる疎開列車を掃射せし戦闘機に赤き星の標識
「日本が負けた」噂が車内走り抜け列車は満州曠野を疾駆す

ソ連の対日参戦は昭和二十年八月九日未明である。同年二月のヤルタ会談でソ連は対日参戦を約束、同年四月に日本に対し日ソ不可侵条約の延長を求めないと通告（期限は一九四六年）、対日参戦の準備を進め、八月九日、突如満州に侵攻した。これが満州開拓民引揚に至る歴史的経緯であるが、むろん、日本の中国侵略、日本主導による満州国設立、満州への日本人移民の奨励によって、多くの日本人が一旗揚げようとあるいはよりましな生活を求めて満州に渡る、という歴史があってのことであることは忘れてはならない。

日本も関東軍もソ連参戦は時間の問題と認識しながら、すぐにはないだろうと警戒を怠っていた。いざ侵攻されると、日本軍はほとんど抵抗できずに敗退。前線近くの日本人居留民は、戦闘に巻き込まれ、また避難もできず、集団自決した村が続出したという。いち早く日本へと避難したのは、軍人や官僚たちとその家族であり、一般居留民は、自力で脱出するか、残されて引揚のチャンスを待つしかなかった。翌年から、アメリカ主導による引揚事業が始まり、引揚港である葫蘆島への過酷な移動が始まる。その途中で、殺されたりあるいは病死した引揚者が大勢いたことは、引揚者の証言としてすでに幾度も語られていることである。

この引揚者の中に、冨尾氏とその家族、実は、私の母もまたいたのである。私は、子どもの頃母親からよく引揚時の悲惨な出来事を聞いていた。母の母親（私の祖母）は引揚の途中病死し、畑の中に埋葬したという。母の両親は満州で結婚し父親は終戦前に病死。母は自分の母親と弟二人とを連れて引揚げた。母は終戦の一年前に故郷の隣村出身の若者と見合い結婚した。その若者が私の実父である。その若者は終戦の数ヶ月前に招集され、終戦後にはシベリアに抑留された。引揚の時、母は妊娠していた。引揚の途中に出産。だが、その児は日本への引揚船内で亡くなった。生きていれば、私より五つばかり上の兄であった。

私はこの歌集を読みながら、小さい時、母から引揚体験の話を聞き、その時の実際の状況について様々な想像をめぐらせたことをまざまざと思い出した。母は近くの村で集団自決があったという話をし、自分たちもそうなるかもしれず、逃避行の途中、たくさんの人が死に、死を怖いと思うこともなかったとも話していた。少年ながら、そのような世界に自分がいたら自分は何を考えたろう、やっぱり死は怖くなくなるのだろうか、などと考えたことを覚えている。

実際にその状況のなかにいた冨尾少年は何を考えていたのだろうか。いや、生きるか死ぬかと言うときに何を考えていたかなどと問うことは愚問である。これらの歌を読めばわかる。生きるために行動し、そして少年はただ見ることしかできない。

自動小銃(マンドリン)腰だめにせるソ連兵を二階の窓に怯えつつ覗く
ジープ上の女兵士に驚きぬ陸続と寄するソ連軍の列
戦ひに敗れ異郷に飢うる子にロシア兵の黒パン酸かりき
七歳の我が背負ひ来し毛皮外套(シューパ)なり敗戦の冬に売りて食ひにき
内戦に異常来たしし八路軍の兵が我見て笑ひを止めず
無蓋貨車に積まれ我等は運ばれぬ葫蘆島(ころたう)港へ鉄路五百粁
すれ違ふ客車の戦勝国民の罵倒を浴びて目を伏せゐたり
時ならず停車をしたる線路脇に引揚者どもは素早く雉撃つ
引揚船の仮設便所の暗き穴に玄界灘の荒波を見き

七歳の少年にとっては過酷な体験である。が、少年はしっかりと見てそれを記憶に刻んでいたのだ。

ソ連軍の女兵士、ソ連の黒パン、精神に異常をきたす八路軍の兵士、引揚の途中生きるために雉を撃つ大人、便所の穴から見える玄界灘の荒波、これらの光景はたぶん、何度も戦後を生きた冨尾氏の中で消えることなく再生され続けた映像であるのだろう。そして、これらの光景は、言葉によって表現されることを、絶えず冨尾氏に訴え続けてきたのだ。

満州に残された日本人が引揚事業で帰国できたのは、共産党と対立していた国民党を支持したアメリカの思惑があったからで、葫蘆島港が引揚港になったのはそこが国民党の唯一の支配地だったからだと、NHKスペシャル(二〇〇八年十二月)で知った。つまり、共産軍に対抗するために華南から華北(葫蘆島港)に国民党軍を船で運び、空いたその船で日本に引揚者を運ぶ。そして今度はその空いた船で日本にいる朝鮮人を乗せて帰国させる、ということだったようである。歴史の動き方次第では、帰国できなかった可能性があったということである。冨尾少年も私の両親もである。

引用した最後の歌は、葫蘆島港から出港し日本へ向かう引揚船内での光景。NHK全国短歌大会大賞受賞歌である。おそらくはこの歌の受賞がきっかけで、この歌集が世に出ることになったのだろう。一切の心情の描出をそぎ取ったそれこそモノクロームの光景に息をのむ歌である。

戦争という非日常を歌うと、その悲惨さや不条理、非人間性といった意味付与が表現として前面に出やすい。何故ならその意味付与こそが表現の動機である場合が多いからである。が、この歌にはそのような意味付与がない。それでもその動機は読み手に十分に伝わってくる。これらは見た光景であり、ただ見るしか他に術がなかった光景であるからである。谷岡亜紀の「モノクローム」という評価は、それを踏まえた言い方であろう。動機は、表現された側にすでにある。作者はそれに突き動かされて言葉にせざるを得なかった。歴史のある局面を当事者として生きた人がリアルに描くとき、時にそう思わせることがあるが、この歌集もまたそういうものの一つである。

ただ、これらの歌の動機をあえて冨尾氏の側に求めようとするなら、例えば次のような歌をあげるべきだろうか。

顎骨を正中線で割かれゐる我は俎上の冷たき魚
舌切りし手術が押したるドミノ倒し五臓六腑の七転八倒
感覚のふつと途切れて明るさも暗さもなからむつひに行く道

病によって死に直面しそこから見た光景が、諦念に似た位置から描写されている。時におかしみさえ漂うその表現は、読み手の感動をそれなりに意識して発せられるようなものではなく、すでに少年の時からこのようにしか言葉を発し得ない何かを抱えているのだと思わせる。それは、冒頭の歌

着のままに異郷さすらふうきくさの思ひはかへりゆくみちのくに

に象徴的にあらわれているのかもしれないし、あるいはそうでないのかもしれない。ただ、戦後、引揚者として、異邦人のような異和を抱え込んだことがあったという記憶は、冨尾氏の歌の言葉にバイアスをかけたことは間違い無い。

七歳の少年にとっての引揚体験、そして、もう自分もここまでかと思わせる病、見方を変えれば、

冨尾氏にとって、自分では選択できぬ死ぬか生きるかの状況にとらわれて、それをただ見つめることそのものが、表現の発動であったのではないか。少年だった私は、母から引揚の悲惨な体験を聞いてただただ死を怖いと思い、そこに自分が居ることの不条理を想像した。が、冨尾氏の『満洲残影』はそのような私の想像を色褪せたものにしてしまった。私は、ただ生き、見るしかないことのリアルさを、思い知ったのである。

第三章　鎮まらざる歌人たち

狂気という宿命　賀村順治歌集『狼の歌』

賀村順治歌集『狼の歌』が出版されたのは昭和五十一年（一九七六）。昭和二十年生まれの作者の、昭和三十八年から四十九年までに書かれた歌とある。十八歳から二十九歳までの作品ということになる。奥付を見ると「反措定叢書」と銘打たれ発行人は福島泰樹である。出版社は沼津市の妙蓮寺内にある「反措定出版局」。つまり、妙蓮寺住職であった福島泰樹の手による歌集出版である。歌集出版にあたっては、冨士田元彦氏と、「反措定」の三枝昻之氏、福島泰樹氏にお世話になったと歌集の後書きに著者が書いている。解説は菱川善夫、歌人賀村順治論とも言うべきかなり力の入った長い解説である。

今から四十数年前、三十代前半の新進気鋭の歌人たちが、同世代の賀村順治の歌を歌集にして世に出そうと語り合っている様子が目に浮かぶようだ。この歌集を読めば、彼らが賀村順治の歌に惹かれていった理由がよくわかる。

菱川善夫は解説の冒頭で「賀村順治の作品の根底にあるのは、常になにがしかの狂気である」「読んでいるほうも、肺と内臓がひっくりかえり、底から血の噴きあげてくるような、奇妙な混乱におとしいれられる」と書いている。当時の歌人たちの賀村順治の歌にたいする驚きぶりが良く伝わってくる。確かに次のような歌を読めば、その歌の鮮烈さをどう受け止めていいのか戸惑う。

兄の目が夜毎枯れると村をふれ俺は二十歳で故里すてた
蛭つぶしどべどべの田圃あがりたる兄みつけんと乗る満員電車
からみあい森のつる草青きかな首吊りの兄が冬の樹に揺れ
殺してくれ今宵切なりしものの叫び終焉の朱にぶっささっている

何と言ったらいいのか、凄まじいと形容するしかない歌である。歌われている兄が、実在の兄なのか分裂した作者自身なのか、そんな詮索がどうでもいいほど、この兄もこの兄を見つめるまなざしも凄まじく存在していて、歌表現における喩の域を越えているように感じられる。例えば寺山修司の次のような歌と比較すれば、その特異さがよくわかる。

いまだ首吊らざりし縄たばねられ背後の壁に古びつつあり
くくられて村を出てゆくものが見ゆ鶏の血いろにスカーフを巻き

これらの歌には、喩であることの自己主張がある。喩を自立させ、喩によってしか表現できない世界を詠んでいるのだという自己主張である。塚本邦雄の歌もそうであった。戦後日本に絶望し、短歌における喩の力で、戦後日本を転倒させようと企てた。そこには、散文的な論理ではすくい取れない個の自由への激しい渇望があった。戦後日本は、混乱していたとはいえ、地縁・血縁の共同体はまだ残っており、暴力装置としての国家も、革命を胸に秘める青年の自由を圧殺するかのように立ち塞がった。それらの桎梏を解き放つのは、韻文による喩なのだと思い詰めたのが前衛歌人たちである。

賀村順治も前衛歌人の志を受け継いだ歌人だったと言っていいだろう。韻文の抒情を武器にして、共同体や国家といった息苦しさに切りつけるように表現するのは、十分に前衛的である。

だが違うと思うところがある。それは、賀村の歌の喩が、喩と言っていいかどうかためらわれるほどに臨場感があり、生活や、肉声が溢れているのだ。兄を歌った歌が、喩として自立した表現なら、菱川善夫はその評に「狂気」とは言わなかったろう。そう評したのは、ことばの上で作り上げた世界とはいえそこに「狂気」を生きようとする者のリアルさを見たからだ。

そのリアルさとは何だろうか。前衛歌人たちが、短歌の抒情や喩の力で戦後日本の抑圧社会を転倒させようと（そこには転倒を夢見る希望がある）していたならば、賀村順治は、その抑圧社会のもとで、どうしようもなく転ばされ打ちひしがれていて、そこから何とか必死に抜け出そうともがいて歌っている。希望をあらかじめ封じられた宿命のような出自の場所を引き受け、その自分の居場所をただ引き裂き切りつけるようにしかことばを発することが出来ない。とすれば、そのことばは狂気にしか見えないだろう。だが、その狂気にしか見えないことばの先にしか、賀村順治は希望を見いだせないのだ。

私は『狼の歌』を読みながら、永山則夫の『無知の涙』を想起した。永山もまた、抑圧社会の構造の最底辺に属し、その出自の場所から抜け出そうとした。だが、永山はことばを持っていなかった。暴力によってしか表現出来なかった。死刑囚となってから猛烈に勉強し、ことばを獲得する。それから彼は憑かれたように詩、小説、文章を書き出す。

永山則夫は一九四九年生まれ（筆者と同じ）、賀村より四歳下である。賀村順治の歌の凄みを永山と重ねると説明しやすい。賀村順治がことばを持っていなかったら、そこに浮かび上がるのは、ことばを持たなかった永山則夫の凄まじき絶望の生である。

むろん、賀村順治が永山になるということではない。ただ『狼の歌』の抒情のもつ臨場感やリアルさを感じ取れるのは、私たちが、このような抒情の歌の向こう側に、ことばを持たずに非情な世界を生きざるを得ない者の絶望を想像することが出来るからだ。その想像をこの歌集は十分に掻き立てているのである。

そのように考えれば、歌のなかで首をくくる兄は、ことばを持たない作者自身と言っていいであろう。ことばを持たない兄（自分）の絶望を抒情のことばを持つ弟が悔恨を込めて描く、そのようにしてこの歌集は始まっているのである。

ことばを得た作者は、抒情を武器にして抑圧に立ち向かって行く。

折れ折りて罪負うごとき歳月の底に傀儡の眼ぞすごみたる
食みとおす植物の毒舌の根に染入る狂え愛しき肢体
辻々に描き芸を売りてきし傀儡の朱き血だ濾過出来ぬ
縊死はわが鼻汁(はな)と鼻血と糞尿に塗れる決意真緑ならず

（「此処が一期と」より）

この歌集の最後の章の歌である。制作年代順とあるから、冒頭近くの兄の死の歌から十年近く経った頃の歌ということになる。これらを読むと、作者の抵抗はかなり鬱屈したものである。抒情のことばを武器として、抵抗する主体を屹立させようとしている様がよくわかるのだが、その表現はあまりに痛々しい。その武器は毒でもあって表現するたびに己を蝕んでいるかのようである。

それにしても一首目「折れ折りて罪負うごとき歳月」なのであろうか。ことばを持たずに死んだ兄をことばで語ることの罪であるのではないか。そう解したい。表現することで兄の抱えた重荷は解き放されたのであろうか。おそらくそうではない。兄は、ことばを得た弟におまえはうまく逃げおおせたと言わなかったか。そのような兄を抱え込んだ作者は、その兄のことばに応えるためには、兄がそして自分が抱え込んでいた世界を表現する度に自らを傷付けずにはいられない。つまり作者は、短歌を詠む度に、表現することは罪を負うことなのだと自分を責め続けなければならないのだ。

抑圧する敵を撃つはずのことばの武器は自分を撃つことばとしても立ち現れる。賀村順治の歌を狂気と評するとき、その狂気の実態とはそういうことであろう。だからこそ、読み手はこの歌集に、ことばを武器とせざるを得ない歌人の残酷な宿命を見、その宿命に歌人のもっとも純粋な姿を見るのである。

坪野哲久の老い　坪野哲久歌集『碧巌』

坪野哲久の晩年の歌集『碧巌』を読んでいたらどうしても自分の現在と重なってしまい、自分のことを語らずには何も書けない気がしてきた。これでは坪野哲久論にはならないのだが、たぶん私の年代にある人たちにも共感することがあるに違いないと思って、自分のことから書き始めたい。

昨年（二〇一八）六月前立腺癌の手術をした。その後転移があると診断され放射線治療を受けた。医者は私の癌は顔つきの悪い癌なので根治は難しいと言う。さすがに、私もあと何年生きられるのかと、今まで考えもしなかったことを思い悶々と過ごすことになった。私は今六十九歳で老年である。男の平均寿命は八十歳ぐらいだから、自分の死に直面するのはまだ先だろうと思っていたのだが、十年ほど早くなってしまったというわけである。

八十過ぎれば少し惚けも入ってきて、あまり難しいことも考えられず、もう寿命だろうと諦めもつくと思うのだが、六十九歳は微妙で、私のなかで死を寿命として受け入れるにはまだ早いという思いがある。が、もういいのではという気持ちにならないわけでもない。つまり、私もそれなりに老いてきたということだ。老いの自覚も十分にある。ただ、老いの自覚は、自分の人生への振り返りかたによってかなり個人差があるだろう。

歌集『碧巌』に次のような歌がある。

いまだわれに無頼のなげきつきざるか一形式の完成をみず

「散木歌篇」のなかの一首。一九六六年、坪野哲久六十歳のときの歌である。この歌集で哲久は老いに直面している。この歌は自分の老いを歌っている歌でもある。同じ「散木歌篇」のなかでは老いを次のように吐露する。

おのずから老の至りし常として眉の白毛を抜くこともなく
老いぬれば要約ぞよきあたためて歯の無きわれにミルクがありぬ

今の感覚で言えば六十歳くらいでは老いの自覚はそれほどではないだろうが、五十年前の哲久はとりあえずこのように淡々と老いを受け止めている。だが、このような受け止め方は哲久の本心ではない。彼の老いに対する態度は次のような歌によく現れている。

しずかなる老は到らず退きて生きつつわれのこころぞ渇く
むらぎもは忿怒の錘(おもり)あわれあわれ老いてやすらわぬいのちなりけり

「いまだわれに無頼のなげきつきざるか」の一首もこのような老いへの向き合い方を歌った歌だ。

老いは決して「しずかなる」境地に至らないし、依然として「やすらわぬいのち」を生きている。まさに「無頼のなげき」は尽きず、自分という存在の「一形式の完成」は見ることが出来ていない。このような葛藤とも言える心情に溢れているのが哲久の老いの自覚なのである。

正直、これは凄まじい老いの自覚なのだと思わざるを得ない。老いとは簡単に言えば己の死が近いことの自覚である。別の言い方をすれば自分にはもう余り時間はないという自覚でもある。自分の死をどう受け止めるか、そこに、これまでの自分の生き方が試されるとも言える。

私は癌ということもあってやや強制されるように死の受け止め方を真剣に考えざるを得なかった。その結論は、できるだけ穏やかに死を迎えられればというものだった。おおかたの人はそのように思うだろう。仏教の教えに従うなら、できるだけこの世の執着から自由になるということになる。最近出した私の句集（『犬が見ている』ふらんす堂）の一句「誰も死ぬじたばたするな秋の空」という心境である。無論私にもやり残したことはある。「一形式の完成」などまだまだである。だが、私は今仏教のこのような教えがよくわかる。が、一方で、そう簡単ではないということもまたわかる。

他者の幸福を願い、世の中の変革を激しく希求し、そのような変革への行為に自分の人生を賭けてもいいと一瞬でも思う時期が私にもあった。その思いはまったく消えてしまったわけではなく、私のどこかにくすぶっているのだろうが、今、そのくすぶりを取り出してきて執着と言い切るにはやはりためらいがある。私がこの世に生きていた意味は何だったのか、という問いは簡単には捨てられない。が、そのためらいが、私の死への向き合い方への障碍になっているのも確かなのだ。仏教では、それは無明なのであり、この世に生きる意味を求める私という存在そのものが「縁」によって現象する仮のものに過ぎない。それはわかるのだが、どこかにくすぶる思想の残滓を執着とみなすまでには相当の葛藤が必要で、それこそ道元の言うような「自己を忘るる」までの修行が必要なのだろう。思想の断捨離は簡単ではないのだ。

坪野哲久にとって、老いとは、世の中の変革を激しく希求したその思想を、死にゆく自分にあってもとことん捨てないぞと決意することだった。哲久は六十の老いを次のように歌う。

パルチザン　こころぞ疼く　六十の九月一日十六夜月
ふるさとを足蹴にしたる少年の無頼はやまず六十になる
孤立して幹ふとぶとしここに来てひとりうたげすわれの放埓
懶惰なる時の流れを断つはいつ豺狼のまなこ老パルチザン

黒田喜夫はこのような歌を「これは老いたパルチザンの歌というより、老いることがパルチザンとなることである存在とでもいうべきものの歌」（「坪野哲久論」『現代短歌大系第三巻』三一書房）だと述べている。その通りであろう。それにしても、このように老いをパルチザンである存在にまで高めてしまう生き方には、哲久の思想を維持するその生命力の強さに感嘆しながらも、相当の葛藤があるのではないかと、もうすぐ七十になる私は思わざるを得ない。

この世の革命を夢見る思想は、自分の老いを全く勘定に入れていない。革命家にとって自分の死は、革命のための犠牲であってロマンティシズムに回収される。が、老いのあげくの死はロマンティシズムではない。誰も免れない生の断絶に過ぎない。実は哲久は、仏教的な意味での死の迎え方を十分に考えていた。言い換えればロマンティシズムにならない、老いの先の死を受け入れる準備をしていた。それは次のような歌に現れている。

死ぬときの念いすずしくあらしめよ一切放下自浄のこころ
憤怒せざれ憤怒せざれといましむる天のこえまたわがうちのこえ
木漏れ日のさざなみなすはさえざえし落葉前のひるがえりにして
蛆もまた蛆的に生く人の世のあわれあわれあわれを見てすぎにけり

このような歌を読むと、これが老いというものだよなとほっとする。この世の執着を捨て悟りを求めるような願いも読み取れる。今の私にはこっちの歌の方が心に染み入ってくる。これらの歌もまた、六十を超えて老いに直面した哲久の偽らざる心境であるだろう。だが、哲久の老いを歌う『碧巖』には、「憤怒」する言の葉の方が圧倒的に多いのだ。一方で、その「憤怒」を鎮める「わがうちのこえ」を歌う歌もまたある。

彼の老いは激しい葛藤の内にあるということだろうが、葛藤という言い方が適切なのかどうかよくわからない。ただ歌集『碧巖』を読んで言えることは、彼にとっての老いは、沸き起こる「憤怒」するパルチザンとしての生に身を委ねながら、一方で、その「憤怒」を鎮めようとする「一切放下自浄のこころ」への希求もまたあるということだ。それを葛藤というなら、それは凄まじい葛藤だと言う他はない。

黒田和美の世界

私は黒田和美について二つの文章を書いている。一つ目は「黒田和美歌集『六月挽歌』を読む」(歌誌『月光』二〇〇一年十一月)、二つ目は「黒田和美への挽歌」(歌誌『月光』二〇〇九年一月)である。最初に私は次のように書いた。

この人は最初から自分の中のDeep Riverを歌っていたのだ。つまり、最初から自分の中に、歌として表現するべき何ものかがあることを豊富に持っていた人なのだ。ただ、さすがに若いときの歌は言葉の一つ一つに抽象性を込めすぎていて、リズムがない。

とすれば、この作者が、再び歌作を開始することによって得たリズム感とは、自明だった自分の中のDeep Riverを、改めて回復するテンポのようなものだったのではないかと思われる。回復とは、挽歌として歌われた他者たちを通して、自分が再びDeep Riverを生きることだ。その意味で、作者が対象とした他者たちは、作者の抱える深い闇を、照らし出すものたちであったのだろう。

黒田和美が描く他者とは、「決して、時代を象徴するように活躍した人たちではない。かといって無名でもない。それぞれ過剰に生きた人たち」である。そしてその仕事(作品)よりもその生き方の方だけが、人々の記憶に強く刻まれてしまった人たちである。その他者たちはだから、すでに時代の鬱屈というものを必要以上に体現している存在である。その他者たちの鬱屈とそしてその時代の鬱屈とを、黒田和美は短歌という表現によって照らし出したのであると、私は書いた。

だが、最後に、「この作者のDeep Riverとは、作者の奥底に向いた綻びではなくて、作者を外界から保護する外殻のようなものなのではないか、とさえ感じてしまう」と書かざるを得なかった。むろん、これは当時の、人間の存在あるいは政治的なことを含めての時代の「Deep River」表現に、やや体力的についていけない私の個人的な問題を吐露したに過ぎなかったし、そのような言い訳もした。が、黒田和美には失礼な文だったと後から後悔した。

この評を書いた後、黒田和美と何回か逢う機会があったが、この評について何もおっしゃらなかった。しかし、きっと何か言いたいことがあったのだろうと思う。

別に書かないでもよかったものを、何故書いてしまったのかと今でも思うのだが、私には、純粋に過剰に生きそして夭折し敗北したものたちを見つめ掘り起こすことへの、やや醒めた距離の取り方があって、それが歌人の生来の業というものを辛く見させてしまうところがある。言わば、世の中に抗う主人公が悲惨に死んでいくアートシアター系の映画より、見終わったあとスカッとできるハリウッド映画をつい観てしまうようなものなのだが、アートシアター系が嫌いなのではなく、見るにはそれを受け止める心の余裕が必要なので、余裕がないときには敬遠するということである。これでは評論家失格だが、実は、今考えると、心の余裕がないと感じるのは、私自身が悲惨な結末の主人公に重なってしまい過ぎて、そのことに耐えられなくなるからだということなのである。つまり私はけっこう心が弱いのである。傷付きやすいのである。

その意味で私は歌人たちの心の強さに驚嘆せざるを得ない。歌誌『月光』に寄稿される歌を読んでいると、傷付きやすいなどという言い方が失礼なほど実に大変な生を抱えている人たちの歌が目につく。それが短歌という言葉の上のことなのだとしても、少なくとも自分に強く向き合っていることはよく伝わってくる。

私は若いとき過激派といわれていて、わけがわからずに夢中に生きていた。むろん、私だけでなくみんなそうだったというところはある。過激派の時代が終わって、私も周りも生きていくのに必死で、だれも自分と向き合わないようにしていた。暴力革命を標榜していた連中が武装どころでなく思想も解除されて、そんな自分と向き合って何になる、というところである。私の周囲でも自殺したものたちが何人かいる。今思えば自分と向き合ったものたちであった。

実は、革命は他者に向き合うところから始めるものだ。自分のために革命をするわけではない。だから自分と向き合わなくてもいいし、政治的人間として冷徹にもなれる。だが、人間である以上、そんな風にはいかない。自分とまったく向き合わない人間もまたおかしい。そうかといって向き合いすぎるのも、辛いし、前向きではない。その微妙なバランスを生きて来たつもりなのだが、私が歌を詠まずに評論に徹するのは、たぶんそのバランスを崩したくないからだと思っている。

黒田和美の歌の評に私がいわずもがなのことを書いたのは、たぶん、このバランスを取らなくてはという防衛機制がはたらいたためだと思われる。どう見ても私は『六月挽歌』で歌われ鎮魂されているものの側にいるはずではないか、と思ってしまったからである。その意味で私はこの歌集を余裕を持って受け止めることが出来なかったのだ。あまりにも重たすぎる歌集だったのである。

二本目に書いた黒田和美への文は残念ながら、黒田和美自身への挽歌的文章になってしまった。私は次のように書いた。少々長いが引用する。

八月の雨の手のひらに受けてゐる誰にも属してをらぬ冷たさ
立ち尽くす誇りあらばや凪のなか一糸纏はぬ冬の木立よ
背かれしわれは真白き玉櫛を洗ふ真冬の髪に挿すため

なんでこんなに孤独に無防備に裸になって佇まなければならないのだろう。読み返してみて、そんなことを思わずにはいられなかった。歌を歌うということは、黒田和美にとって、少なくとも楽しい作業でなかったことはこれらの歌からよくわかる。

巫病という病がある。沖縄のユタなどのシャーマンが巫女になるきっかけとなる原因不明の病である。私には、これらの歌は、巫女になるための巫病を引き受けようとする覚悟に満ちた歌のように思われてならない。時代の軽薄な流れに逆らった死者たちの霊に寄り添うために、黒田和美は孤独でならなければならなかった。巫病とはその孤独さでもあろう。だが、死者の声を聞くために黒田和美は深く死者の側に入り込み過ぎたのである。

黒田和美は孤独でなければならなかったと私は書いた。今思えばこれは歌人の宿命のようなものかも知れない。孤独という巫病によって表現できる世界がある。黒田和美はその世界に身を置きすぎた歌人だった。

だが、次のような歌も歌っている。

　眠りたし花になりたし透明になりたし君の元に行きたし
　わが裸身白くちひさく畳まれて君のてのひら深く眠らむ

このような歌にほっとする。「君の元に行きたし」とちゃんと歌える人だったのだ。私は黒田和美の世界を勝手に誤解していたのかも知れない。がその誤解も黒田和美の計算のうちであったろう。私は最後に次のように書いて文章を締めくくったが、今回もそれを踏襲したい。

　黒田さんはきっと今頃、花のようになって透明になって誰かのてのひらに畳まれてやすらかに眠っているのに違いない。

加藤英彦的状況　加藤英彦歌集『プレシピス』

加藤英彦歌集『プレシピス』は、『スサノオの泣き虫』（二〇〇六）に続く歌人加藤英彦の二冊目の歌集である。もう何冊も歌集をだしていておかしくないと思うのだが、ようやく待望の二冊目が出た。なかなか二冊目を出せなかったことについて、「あとがき」で今まで歌ってきた自分の「さしたる変化のない作品に唖然としてしまう」とか「自分の中に新しさを紡げない」と述べているのだが、無論こういう言い方はとりあえずの無難な言い訳であって、むしろ歌人加藤英彦がこのように述べざるを得ない、ということに意味がある。

「変化」や「新しさ」という評価概念はそれ自体漠然としすぎていて、歌人や読者が歌に何を求めるのか、あるいはその時代の短歌表現に対する「新しさ」や「変化」をめぐる共通理解によって、それらはどのようにも描ける。例えば、日常の生活だって変化の連続だろうし、日常の生に「新しさ」や「変化」を見いだす歌人はけっこういる。とくに老年になればその傾向は強まる。私も老年になってそのような境地が理解できるようになった。老年の日常を生きることが表現にすくい取られなければならない大きな理由とは、その日常に見いだす変化が「死」への時間を刻むとどこかで意識されるからだ。老境を生きることをテーマとする短歌が多いのは、「死」という絶対的な極点によって、日常が表現に値する意味あるものとして捉え返されるからだ。一方で、その極点は、政治や社会への関心を、自分の日常への関心の中に埋没させ、切実さの無い風景にしてしまう。

おそらく、加藤英彦は、このような老年の日常詠を拒否する姿勢を取っている。彼はまだ老年ではないにしても、歌を詠むことにおいてそのような境地がわかりつつも、詠む動機をそこに安易には委ねない、という彼なりの矜恃があって、その姿勢があとがきでのあの言い方になっている。

それなら加藤英彦にとっての「変化」や「新しさ」とは何か、ということになる。「変化」や「新しさ」にこだわる姿勢とは、前衛歌人が短歌表現の歴史に果たしたような斬新な変革とまではいかないにしても、少なくとも、前衛歌人たちのように政治や社会のあり方に鋭く反応し、その反応に共振するような短歌の表現でありたい、というようなことではないだろうか。つまりそのような言い方には、現在の社会を変革したいという願望があるだろう。とすれば、彼の求める「変化」や「新しさ」とは、自分の生きる時代状況に反応し、その状況を揺り動かすような力を持った歌の表現であるための条件ということになる。そう考えれば、加藤英彦の歌に対する姿勢は、政治や社会の変革を求める青年期の理想を、日常の生の些細な変化に埋没させず、歌の力を支える密かな信念として維持することだと思える。

だが、かつての学生運動が盛り上がった時代ならわかるが、政治や社会への関心を声高に語りにくい時代になり、老年世代の日常詠が目立つ今（団塊の世代の歌人がとにかく多い）、彼のような姿勢で歌作を続けることは困難である。何故なら、日本の社会が老年化しているという状況がある。今「変化」や「新しさ」は、知性のない型破りな言動のあのトランプ元大統領が象徴するように、ポピュリズムへの迎合や反知性の側にリアリティを持っていかれており（トランプこそが世の中を変えてくれるという幻想がリアリティを持つからこそトランプには堅固な支持があった）リベラルの側は元気がない。

日本でのリベラルな側の変革の動きは、国会周辺でのささやかなデモ程度で、フランスの黄色いベスト運動のようには広がらない。日本において、リベラルの側には「変化」や「新しさ」への方法論のないのが現状である。

そのような時代の状況だからこそ、加藤英彦は、自分には「変化」や「新しさ」が歌えないと言わざるを得なかったのだと、思うのだ。

さて、「あとがき」の言にこだわって、二冊目の歌集がなかなか出なかった理由について考えて見たが、実際のところ歌集『プレシピス』は、そのような理由とは関係なく、何故人は歌を歌うのかという素朴な問いに対して「歌わざるを得ないから歌う」というシンプルな答えになってしまうような、そういった歌に支えられた歌集なのだと私には思える。たまたま藤井貞和の『〈うた〉起源考』（青土社、二〇二〇）の書評を依頼されて読んでいたのだが、その本の最終章のタイトルが「人はどのような時に絶唱を詠むのか」である。この本は日本の古代歌謡から現代の短歌までを網羅して、絶唱を詠むその根拠を探す書といってもいいのだが、むろんその答えは簡単なものではない。藤井は、『源氏物語』の明石の君や浮舟の歌を秀歌としているが、「ひとはいったいどのような時に秀歌を口ずさまずにいられなくなるか。それは浮舟の場合、言ってみれば浮舟的状況においてであろう」と述べる。浮舟的状況とは、「薫、匂宮のはざまに立たされ、死、出家へとくぐりぬけてゆく」そういう状況である。つまり、本人にとって、かなり追い詰められたつらい状況ということになる。そういう状況のときに秀歌は詠まれる。シンプル過ぎるようだが、古典の秀歌成立の背景にはそのような物語状況があると藤井は伝えたいようだ。

この藤井の言う秀歌成立の条件を歌集『プレシピス』に当てはめてみるならば、この歌集に秀歌が多いのは、そこに加藤英彦的状況があるということになろう。それは、歌人加藤が追い詰められたつらい状況ということになる。それはどのような状況なのか、あの「あとがき」の言からは窺えない。歌集の歌を通して読み取るしかない。

政策がゆっくり右に舵をきるだれにも分からぬようにしずかに
咽喉(のど)もとまで土砂つめられて狂(ふ)れもせずしずかに息を吐きて辺野古よ
うらぎりをくり返し来し半生か内耳しびるるまで蟬しぐれ
白いマスクの百人の児らが帰りくる百年のちの空から村へ
ふくろうが翔びたちてゆくもうだれも泳ぐことなき海の冥(くら)さへ
浸みわたる汚染土(セシウム)に白根さしいれて百万のひまわりが首あぐ
いつも踏み出す半歩がおそい振り向けばわたくしの半生が昏れ落つ
影うすく伸びるあたりに人はだれも触れてはならぬ草陰を持つ
生きものはほそき声あげ餌(え)をもとむ寂しいときはさびしいといえ
どのように口をつぐめば死者の目とおなじ水位を流れてゆける
いつかわたしも消える日が来むその日まで騙しつづけてゆけわたくしを

このように気になった歌を並べてみると、加藤英彦的状況が見えてくるのではないか。その状況とは、わかりやすいのは一首目の歌であろう。右傾化した政治への漠然とした危機感を歌う。二首目は具体的だ。政府が強引に推し進める普天間基地の辺野古への移設に反応する歌である。政府への異議申し立てや怒りをぶつけるのでなく、言い知れぬ不安・息苦しさといった感覚で歌われることに注目したい。四〜六首目は、フクシマ原発事故による放射能汚染を題材にしているが、これらもまた同じような感覚に満ちている。三首目「うらぎりをくり返し来し」、七首目「いつも踏み出す半歩がおそい」最後の「いつかわたしも消える日が来む」は、自己省察とも言える歌だが、忸怩たる悔恨に満ちている。

政治の右傾化、沖縄の基地移転問題、フクシマ原発事故に対する反応は、社会や政治に鋭く反応せざるを得ない加藤英彦の歌の特徴だが、その歌のトーンが忸怩たる悔恨に満ちた自己への歌と同じようであるのに注目しておきたい。同じようだと言うのは、社会状況に対しても自分に対しても、追い詰められていくような感覚ばかりで、「変化」や「新しさ」によって捉え返すような積極さなど見いだせず、その場を覆う不安感を海鳴りを聴くよう感じ取る、そういう状況に居るということだ。このような状況を加藤英彦的状況としておく。

つまり、加藤英彦は追い詰められ身動きできずとてもつらい状況にあるということだ。それにしても個人的な問題でもないのに何故それほどまでに追い詰められなくてはならないのか。それは、他者への強い共感を求めるからだと解しておきたい。沖縄にも、フクシマにも、追い詰められたたくさんの人たちがいる。加藤にとって彼らこそが共感しなければならない他者であり、そのつらさを我が身に置き換えてしまうという心理操作が、彼の状況を作り出している、と言えよう。それは、表現を志すものの普遍的とも言える心理だが、やや過剰であることが加藤英彦的状況なのであり、その過剰さが、彼の歌を歌たらしめている。

　藤井貞和は、浮舟の秀歌は浮舟的状況にあったから生まれたと述べたが、この歌集の加藤英彦の歌もまた加藤英彦的状況にあったからこそ生まれたと、言っておきたい。その状況は私たちをもまた捕らえているはずだが、ほとんどのものはその状況を歌の立ち上がる場にしない。その意味において、この歌集の優れたところは、読者もまた加藤英彦的状況にあると実感させることにあると言ってよい。私もその状況を追体験した。

　社会状況の判断や政治的な問題への関わり方は人それぞれであり、加藤英彦のようには感じないものも当然いよう。だが、そのようなものに対しても加藤英彦的状況に巻き込むほどの力が、この歌集にはある。それは、追い詰められた状況をただ受け入れるのではなく、その状況を繊細なまなざしで見つめ、そこから生き直す方途を探す本能のような営みが、彼の歌にはあるからだ。引用した歌の「ふくろうが翔びたちてゆくもうだれも泳ぐことなき海の冥(くら)さへ」の「ふくろう」、「浸みわたる汚染土(セシウム)に白根さしいれて百万のひまわりが首あぐ」の「百万のひまわり」のようにである。

　例えば次のような歌に私は加藤英彦状況における本能のような明るさを見る。

　真冬こそまつりに行かむ原発にちかき浜にも太鼓はひびき

　あっけらかんと瓦礫ばかりの北の浜にふいに朝(あした)のジャズ鳴りはじむ

第四章　敗北し孤立するものの系譜

山川登美子の相聞歌

「相聞」というテーマで、出来れば近代以降の短歌でということで原稿依頼があった。だが、私は、万葉集や歌垣の研究を仕事としている。だからひょっとして、万葉集や歌垣の分野で書くことを求められているのでは、などと思ったりしたのだが、「相聞」を専門の領域で書くのは気が重い。研究や解釈ではなく、評論めいた文章で万葉集の歌を書くのは、実は相当の力量がいるのだ。まだ私には無理である。

が、一応は万葉の研究者として、万葉相聞歌のそれらしき感想を述べて、近代の方に目を向けたい。万葉でも素晴らしい相聞歌はたくさんある。ここでは、大伴坂上郎女と笠郎女の歌を取り上げてみよう。

まず大伴坂上郎女の歌。

佐保川の小石踏み渡りぬばたまの黒馬来る夜は年にもあらぬか（巻四・五二五）

「佐保川の小石を踏み渡って、ぬばたまの黒馬に乗ったあなたがやってくる夜は、年に一度でもあって欲しい」と歌うこの歌は、大伴坂上郎女が相聞歌を交わした男性の中で真の恋人であったと言われている藤原麻呂との贈答歌の一首である。七夕伝説が踏まえられ、「川の瀬の石ふみ渡りぬばたまの黒馬の来る夜は常にあらぬかも」（巻一三・三三一三）の改作である。真っ暗な夜に黒い馬、その黒と闇の重なりに歌人として刺戟を受け、この詞のイメージはいかがというニュアンスを込めて男に贈ったのだろう。才気溢れた坂上郎女らしい歌である。一方、坂上郎女の娘婿となる大伴家持に振られた（たぶん）笠郎女の相聞歌。

思ふにし死にするものにあらませば千たびぞ我れは死にかへらまし（巻四・六〇三）
皆人を寝よとの鐘は打つなれど君をし思へば寐ねかてぬかも（巻四・六〇七）

こちらは失恋の心の痛みがとてもよく出ている。「思ふにし死にするものにあらませば〜」は「恋するに死にするものにあらませばわが身は千たび死にかへらまし」（巻十一・二三九〇）の先行歌があり、冒頭の部分を変えただけである。が、坂上郎女の歌と違って、こちらは、訪れて来ない男を待つつらさの表現としてストレートである。修辞を見せつける余裕などない。後者の歌は、恋に破れた心の状態を、これもストレートに表現している。昔も今もそういう時は夜は眠れないのである。

才気溢れる坂上郎女と失恋の痛手をストレートに詞に載せる笠郎女。この両者の相聞歌の対比は興味深い。実は、近代においてもこの両者と比較が可能な二人の歌人がいる。与謝野晶子と山川登美子である。

与謝野鉄幹をめぐる二人の恋の争いにおいて、与謝野晶子は勝者であり、山川登美子は敗者であるが、その歌の作風も対照的だ。与謝野晶子の有名な歌。

やは肌のあつき血汐にふれも見でさびしからずや道を説く君

は、まさにその詞の華やかさと人生の肯定感とも言うべき雰囲気において坂上郎女に似る。それに対して、山川登美子には次のような歌がある。

君よ手をあてても見ませこの胸にくしき響きのあるは何なる

この歌の「くしき響き」には笠郎女が「寐ねかてぬかも」（眠れない）と歌わざるを得なかった情念と同じものがあろう。それはもう誰にも触れられぬ何かとして疼く病のようなものになりかかっている。日本の相聞歌は、こういう病のような情念を詞にあらわす表出の力を持つことによって、ずっと命脈を保ってきたのではないか。近代において、その情念を見事に甦らせたのが山川登美子である。

それとなく紅き花みな友にゆづりそむきて泣きて忘れ草つむ

ライバル晶子に鉄幹をゆずったようにも読めるこのよく知られた歌は、きれいごと過ぎる。山川登美子の真骨頂は次のような歌にある。

聖壇(せいだん)にこのうらわかき犠(にへ)を見よしばしは燭(しよく)を百(ひやく)にもまさむ
そは夢かあらずまぼろし目をとぢて色うつくしき靄にまかれぬ
こがね雲ただに二人をこめて捲けなかのへだてを神もゆるさじ
わが息を芙蓉の風にたとへますな十三絃をひと息に切る
またの世は魔神(まがみ)の右手(めて)の鞭うばひ美くしき恋みながら打たむ
狂へりや世ぞうらめしきのろはしき髪ときさばき風にむかはむ
燃えて〳〵かすれて消えて闇に入るその夕栄(ゆうばえ)に似たらずや君

いずれも激しい心に溢れている歌だ。恋の敗者である山川登美子は、不在の対象としての何かをしっかりとつかまえながら、そのことに心を乱さざるを得ない。心は鬱屈し、弓弦を撓ませ矢を放とうとする。が、その矢は自己の内奥に向かうばかりだ。その矢の向かう先に与謝野晶子のような肯定的生はない。だが、その先には「くしき響き」の「何か」がある。その「何か」とは、与謝野晶子とは対照的な、近代において摑み得た、敗者の側の心の姿であろう。

万葉の相聞歌は、主に、恋人が眼前にいないことの心の状態を表現する歌であった。その意味で、不在の対象を歌う歌であったが、その伝統は山川登美子に受け継がれる。ただ、近代という時代は、不在の対象の範囲をより深くし、それは自己の心にまで及ぶ。つまり、山川登美子は、相聞的な不在の対象を、「くしき響き」と譬えられる存在の奥底の何かにまで深めたのである。その「何か」を抱え込んだ人間は当然普通ではいられないが、山川登美子には「このうらわかき犠(にへ)を見よ」「十三絃をひと息に切る」「美くしき恋みながら打たむ」「髪ときさばき風にむかはむ」と、負の心を詩的に表現する強さがあった。与謝野晶子の強さとはまったく対照的なこの強さに、私たちは強く惹かれ、近代相聞歌の出発における山川登美子の歌の重要さを改めて知るのである。

言葉の孤独な身体

江田浩司歌集『逝きし者のやうに』

以前氏の歌集『まくらことばうた』について論じたとき、私は次のようなことを書いた。

万葉集の無数の枕詞は共同幻想たるアニミズム的呪性とつながったことばだったろう。だから、その意味がわからなくても詩的意義を持ち得た。だが、その「まくらことば」を今再現し、そこに詩的意義を見いだすとすれば、私たちが溢れるほどの言の葉の世界をただ生きているという事実と、たぶんにその事実が生み出す新たな呪性とも言うべき詩的意義を見いだしているにすぎないのではないか。その詩的な意義は、たぶんに孤独や絶望といった意味合いになるのではないか。

こんな風に明確に述べてはいなかったが、言いたかったことはこんなことである。孤独や絶望というのはやや大仰でストレートな言い方ではあるが、現代の詩のことばの呪性とは、こういう言い方によって顕される何かということになるだろうというのが私の考えである。

『まくらことばうた』は、単なる詩的修辞の遊びではなく、本来枕詞がまとっていた呪性の、現代版再現の試みであったように思う。しかし、枕詞がまとう共同幻想への想像力を失った現代の枕詞にとって、その呪性は、孤独感といったものに裏打ちされる。なぜなら、現代の私たちにそれらしく理解可能な詩的比喩や修辞的意義を持たない修辞語を駆使すればするほど、その修辞は孤独になるはずで、その孤独さは、そのような詩の言葉を必死に作る私たちの孤独さに他ならないからだ。

が、『逝きし者のやうに』では、その孤独感が詩の場所を得た。それは挽歌という場所である。この歌集では、塚本邦雄、山中智恵子、近藤芳美などの歌人への哀悼歌が詠まれている。これらの歌は、挽歌の現代風再現の試みであるとみていい。特に山中智恵子への哀悼歌が多く詠まれているが、その理由はよくわかる。山中智恵子の歌そのものが、古代の呪性を帯びた歌言葉の、現代風再現であるからだ。その意味で言えば、山中智恵子の歌は、『まくらことばうた』や『逝きし者のやうに』で試みられた、現代風呪性再現歌の先蹤である。そのことは山中智恵子の次のような歌をあげればよくわかる。

ひさかたのあめのひかりに吟(さまよ)へるけものとひとと沁みてかなしき
たまかぎるほのかに瞼あはせたる存在の扇流れゆくはや
夕鳥の幾群すぎてうつせみのものとしもなき風立ちにけり

『虚空日月』より

そこで『逝きし者のやうに』における山中智恵子への哀悼歌を挙げてみる。

青き旗とどろく天(そら)ゆ傾けり心沁みゆく言葉は立ちて
朝羽振り夕羽を振りて三輪山の空翔(か)けたまへ炎(ほむら)なす魂(たま)
君の言葉に触れし愚鈍なわれにして明るき闇を井戸から汲めり

これらの歌は「悼　山中智恵子」「言葉(ロゴス)なる身に」と題された歌群から取った。万葉集の天智挽歌群を思わせる歌である。が、一方で、山中智恵子の歌を山中智恵子への挽歌にトレースしているような印象を受ける。おそらくそれはかなり意識してのことだろう。つまり、その哀悼において山中智恵子の「言葉(ロゴス)なる身」を呼び出すことが、作者にとっての山中智恵子への挽歌であるということだ。それは同時に山中智恵子の歌への讃歌でもあろう。

この歌集には、山中智恵子の歌への深い共感がある。その意味で言えば、挽歌風の体裁を取ってはいるが挽歌ではない。いや、古代の挽歌ではないと言うべきか。古代の挽歌とは、例えばたぶん江田浩司が挽歌の手本にしたであろう天智挽歌群の

青旗の木幡の上を通ふとは目には見れども直に逢はぬかも　（巻二・一四八）
人はよし思ひやむとも玉葛影に見えつつ忘らえぬかも　（巻二・一四九）

のような歌だが、江田浩司の歌との違いは「直に逢はぬかも」「影に見えつつ」が意味する天智天皇の魂が、言葉の上だとしても歌い手に取って生々しく立ち現れているということである。だからこそこれらの歌は鎮魂の儀礼性を帯びなくてはならない。つまり、歌い手の悲傷を顕すことが主意にならずにその悲傷の言葉による呪術的期待がまだ生きていた時代の歌であるということだ。

現代にあってこのような呪術的期待がなくなったとは思わない。東日本大震災後に歌われたたくさんの鎮魂の短歌が言葉の呪術的期待の普遍性をよく物語っていよう。だが、山中智恵子への挽歌には

死者の魂に直接触れようとする生々しさがあるわけではない。そこにあるのは、山中智恵子の「言葉なる身」つまり言の葉の身体への深い共感である。それは、作者自身が同じ身体を共有したいもしくは持っているとの思いであろう。

何故共感するのか。それは、山中智恵子の現代風呪性再現歌には、限りなくこの世の社会性から身を引き離す作用があって、言の葉の身体の孤立を際立たせているからだ。つまり、その孤立への共感ということである。そして、その孤立は現代を生きる私たちの孤立と響き合うものだという思いがまたあるだろう。そのように考えれば、江田浩司の古代語を駆使した豊饒な言の葉の世界は、孤独な言の葉の身体の表象なのだ。

自分への挽歌

高坂明良歌集『風の挽歌』

この歌集は読んでいて痛くなるようなところがある。それは、歌の言葉からあまりに直に歌い手の声が聞こえてくるからだ。声といっても音声ではない。肉声という言い方があるが、心の肉声という言い方に近い。率直な心情というものではない。痛々しいまでに打ちひしがれてしまった心の肉声と言ったら良いか。とりあえず歌を何首かあげてみる。

蓮の骨等ひとつ風吹きひとつ折れまた風ふけば折れて風吹く
標（しるべ）ありカインの裔よ黄昏に逐われ背後の月に刺さるる
春浅くわれ未（ま）だとわの麦秋の鬣（たてがみ）戦（そよ）ぐ風を持ちゐき
眼を瞑り眼を開け生きることに生く蝶の翅の閉じ開き見ゆ
明日からは鳥となるらん星なるらん風に咽びて風になるらん
群衆にダイヴしたまま息継ぎを忘れてぼくは魚になろう
どこからか声押し殺して泣いている方位乱れる僕らの樹海
ぼろぼろとはどういうことだ人間は雑巾ではない冗談ではない
血の上に血のアスファルトその上に皮フ一枚で歩く肉叢（ししむら）

摘む。その手を俟っているのか春に伸びる土筆よぼくよ折れてゆく日よ
人生をつなぐ馬小屋涕して探し歩いた少年の夜

どれも修辞がとてもよい。だが、修辞を鑑賞する余裕をこばむような切なさがこれらの歌にはある。何故こんなふうに歌うのだろう、とつい感情移入してしまい、そのあげく、短歌を読んでいるのではなく、歌人の痛いような生き方を読んでいるのだと気づかされることになる。そのように読み手に感じさせてしまう、ということにおいて、これらの歌は歌の表現として優れている、と言っていいだろう。

これらの歌には、穂村弘が最近の歌人の歌を「棒立ちの歌」とか「酸欠の歌」と評したような、生きていること自体の息苦しさも、ただ無防備でしか生きられないことからくるつらさもない。むしろ、逆で、体内には生きる衝動が横溢しているのに、その衝動の発露がことごとく上手くいかなくて、傷を負った小動物が必死にやみくもに生きようとしているような様がある。その意味で言えば、生きる意味自体が希薄なことを歌わざるを得ない最近の若者歌とは一線を画していると言えるだろう。

これらの歌にとって修辞は、上手く生きられず傷ばかり負っているものが、こちらに生きる者の意味はあるのだとやや反抗的な姿勢を力にして、何とか世界と関わろうとする際の、言葉の武器になっている。その意味で、この歌人にとっての修辞は、その痛々しい抵抗と一体化していて、読む者に修辞であることを忘れさせるのである。

例えば「明日からは鳥となるらん星なるらん風に咽びて風になるらん」は繰り返しの修辞がこの歌

の命になっている。もともと、歌において繰り返しの言葉は、歌の古代的な修辞であった。繰り返される言葉は、リズムを生みだし呪文のような響きを与える。この歌には明らかにそのような効果がある。「蓮の骨等ひとつ風吹きひとつ折れまた風ふけば折れて風吹く」もそうだ。「風に咽びて風になるらん」「また風ふけば折れて風吹く」と「風」が重ねられ、「風」は歌の中で呪力となって響いてくる。この修辞によって生み出される「風」は、題名にもなっていて、この歌集を貫く「風」でもあろう。

それから、「血の上に血のアスファルトその上に皮フ一枚で歩く肉叢(ししむら)」だが、血のアスファルトの上を皮フ一枚で歩く「肉叢」の比喩が痛々しい。この歌い手にとっての歌(詩)の修辞は、小動物が強者の世界に向かって飛び出していく時の動力であり武器のようなものであるが、同時に、自らに負った傷を覆うかさぶたを引き剝がすような修辞でもあるのだ。このような表現のスタイルは太宰治を思わせる。

福島泰樹は歌集の「跋」で「肉筆『風の挽歌』五〇首を私は、敗北を敗北し続けることを自明とした、血染めの決意表明として読んだ」と書いている。「敗北し続けることを自明とした」と評したのは歌への評価であろう。何かに向かって屹立しようとする意志がなければ敗北もない。福島はこの歌集から、何かに向かって屹立せんとする意志を読んだのだ。とすれば、歌い手は何に向かって屹立しようとしているのであろう。つまり、敗北は何に対する敗北なのか、ということが気になる。

だが、何に対する敗北なのかと問わないでもわかる敗北というものがある。詩人の敗北とはそういうものだ。傲慢な強者たちが作り上げた社会の仕組みに強いアレルギー症状を引き起こすものたちがたくさんいるのだ、この世には。

アレルギーとは、異物を排除しようとする免疫作用が、その免疫の主体である自己を排除しようとする時に起こる。この世の仕組みに違和感を抱きそれに抗しようと反応する免疫作用が、この世の仕組みに向かわず自己に向かってしまう。強く反応すればするほど傷付くのは自分だ、という生き方をせざるを得ない人たち。傷付くこと、それはうまく生きられないということだが、その、傷付くことがこの世の傲慢な仕組みに抵抗することになる、という生き方をせざるを得ないものたちがいる。敗北とは、このような抵抗の生き方を選ばざるを得ないということだ。

その自明の敗北を、短歌（詩）の表現にまで高めたところに、この歌集の価値があるだろう。そしてそういった表現を可能ならしめているのが巧みな修辞なのである。

『風の挽歌』という題は、自分への挽歌、ということであろうか。この歌集の歌い手は、詩的な修辞を手に入れたことで、その修辞の位置から傷付くことによって生きるしかない自分を鎮魂しているのだ。この鎮魂は、自分に対するものであるだけに、簡単には終わらない。自分の属しているこの世界へのアレルギー反応が続く限り、鎮魂は続けられる。修辞によって生まれた「風」の呪力で敗北し続けるしかない自分を鎮魂するのだ。

鎮魂する主体としての修辞を手に入れたことで、歌い手は、ただ傷付く存在からそれを表現できる者へと変わることが出来た。歌（詩）の力である。

修辞が自分を何かに向かって屹立させる武器となっているような短歌を、何故か懐かしいような思いを抱きながら読んだ。かつて、文学（詩）の文体を必死に求めたものたちがいたということを思い出させてくれたということかも知れない。この歌集の歌人、高坂明良には、敗北の生き方を宿命づけられながら修辞の力で屹立しようとした、例えば中原中也のような先達がいる。そのことだけでも彼には大きな力になっていると思う。

情けなさの系譜　　又吉直樹『火花』

又吉直樹は尾崎放哉の自由律俳句を愛読した。

尾崎放哉は一八八五年（明治十八）に生まれ一九二六年（大正十五）に四十一歳で亡くなる。東大を出て生命保険会社に就職。エリートの会社員であったが、三十六歳の時に退職し、以後酒に溺れ放浪の人生を送る。四十歳の時小豆島に渡り、最後の二年間を過ごす。学生の頃から俳句を詠んでいたが、晩年は孤独な人生を率直に表現した自由律俳句を詠んだ。

つくづく淋しい我が影よ動かして見る
一日物云はず蝶の影さす
たった一人になりきって夕空
障子しめきって淋しさをみたす
こんなよい月を一人で見て寝る
笑へば泣くやうに見える顔よりほかなかった
釘箱の釘がみんな曲がって居る
とんぼが淋しい机にとまりに来てくれた

咳をしても一人
とんぼの尾をつまみそこねた

彼の自由律俳句は、世を捨てて隠遁する（出家）という伝統の延長にあるが、隠遁者は、こんな風には淋しさを言葉にしなかったろう。このような表現には、情けない生き方をしている自分をやや自嘲気味に見つめるまなざしがある。

尾崎放哉の自由律俳句が人々に共感をもって読まれる理由は、この「情けなさ」の率直な吐露にあろう。世の中にうまく適応できない自分を誰もがもっていて、それを人より深刻に抱えて生きているものの言葉に、深い共感を感じるからだ。そのような表現が近代以降の文学の一つのジャンルになった。それを「情けなさ」の文学と呼んでおく。

芸人又吉直樹は、この「情けなさ」を抱えた若者だった。その情けなさを彼はギャグにして、笑いをとろうとしていた。だが、ややシュール過ぎてお笑いとしてはいまいち受けなかった。文才のあった彼は、その情けなさを書き言葉にして表現し始める。それに注目した作家せきしろは彼に自由律俳句の句集を出そうと持ちかける。それが『カキフライが無いなら来なかった』（二〇〇九）である。

二日前の蜜柑の皮が縮んでいる
転んだ彼女を見て少し嫌いになる
愚直なまで屈折している

ほめられたことをもう一度できない
平日の午後友達の友達から隠れる
蟬の羽に名前を書いて空に放した
祖師ヶ谷大蔵と言いたかっただけ
へんなとこに米が入って取れない
縄跳びが耳にあたったことを隠した
ガムを嚙む顔が調子に乗っていた
自分のだけ倒れている駐輪場
まだ何かに選ばれることを期待している

彼の句には明らかに尾崎放哉の影響がみられるが、放哉の「情けなさ」が、日常の生活から離れた世界での、どうしようもない淋しさを見つめるまなざしによって描かれるとすれば、又吉が描くのは、日常の場面でのささいな出来事や感覚によってとらえられる、ギャグと言ってもいいような自分の小さな「情けなさ」である。「情けなさ」の程度に差があるとは言え、共通するのは、自分が属している世界に自分はうまく適応出来ていないという感覚であり、その感覚から来る「情けなさ」を、自分の一部として大切に抱え込んでいるということである。

ほとんどの人は、情けなくないように生きようと努力している。そのためには、社会の矛盾に敏感に反応してしまう自分の心の繊細さに蓋をし、他人を傷付けたり、あるいは傷付けられたりすることになるべく鈍感になり、欲望やプライドに貪欲であろうとする。だが、ほんとうは誰もが、無理をしている、自分に嘘をついていると感じてはいる。それに耐えられず、繊細な自分の心を大事にし、傷付けたり傷付くことを恐れたとすれば、その人は、世の中に適応出来ない、ということになる。つまり「情けない」生き方をするということになる。

その「情けない」生き方を選びとり、その「情けなさ」を人間の真実のように自由律俳句に描いたのが尾崎放哉であり、「情けなさ」を選び取れない人々は、尾崎放哉に、心の真実やあるいは自由を見たのである。

この「情けなさ」を徹底した作家がいる。それが太宰治である。太宰は、自分を全否定するところから生きざるを得なかった作家である。津軽の資産家の息子である彼は、その境遇からくる虚勢を張った生き方に抵抗し始めた。それは過激とも言えるほどに「情けなく」生きることだった。太宰の最初の創作集『晩年』(昭和十一)の書き出しは次のようなものだ。

死のうと思っていた。ことしの正月、よそから着物を一反もらった。お年玉としてである。着物の布地は麻であった。鼠色のこまかい縞目が織り込まれていた。これは夏に着る着物であろう。夏までいきようと思った。(『晩年』)

『晩年』はそれまで書きためたものをまとめた作品集で、太宰はこの本を出して死ぬつもりでいた。

二十七歳（『晩年』出版の昭和十一年）までに、三度の自殺未遂をしており、二度目のときは心中未遂で女性は死亡している。そして、『晩年』出版の次の年にまた自殺未遂を起こす。

太宰は結局三十九歳まで生きた。昭和二十三年、玉川上水で心中死するまで生きた。

誰もが不適応さを背負って生きている。が、たいていは何とかそれをごまかしごまかし生活している。が、ごまかしきれないものたちが確実にいて、その中のあまりに純粋に不適応さに向き合ってしまうものたちが、ここでの「情けなさ」の作家たちだ。太宰治はその旗手とも言える作家である。その「情けなさ」に共感し、また面白がることで、自分の「情けなさ」とうまくつきあっているのが又吉ということになろう。又吉は、尾崎放哉を敬愛し太宰を師と呼んでいる。

又吉はせきしろとの自由律俳句句集第二弾『まさかジープで来るとは』（二〇一〇）を出す。吉本興業は、又吉の文才に目を付け、彼のエッセイ集『東京百景』（二〇一三）を出版する。このエッセイを読んだ編集者が又吉に小説を書くことをすすめ、誕生したのが二〇一五年の芥川賞作品、大ベストセラーになった『火花』である。

高校でサッカーをやっていた彼は、関西からお笑い芸人になるために上京する。ピースとして売れ始めるまでの、東京での生活や芸人との交流を描いたのが『東京百景』である。『火花』のエッセンスは、ほとんどここに出ていると言ってもいいだろう。

『火花』は、漫才の芸人である徳永と、その先輩である神谷の交流をえがいたものだが、ほとんど先輩芸人である神谷の生き様を描くことがこの小説の主軸となっている。

この小説の面白さを一言で言うなら、天才的な芸人である先輩神谷が徹底して「情けない」人間であるということである。つまり、尾崎放哉や太宰治の情けなさの系譜を全身で受けとめて生きているのが、この神谷という芸人なのである。

第五章　松平修文歌集『トゥオネラ』の世界

ジョバンニに似ている

歌集『トゥオネラ』に展開される幻想世界にどこか既視感があった。それが何なのか思い出せなかった。何度か読みかえしているうちに、そうか、これらの歌の歌い手のまなざしは、あの世を行く「銀河鉄道」のジョバンニのまなざしに似ているのだ、と想ったのだ。

なぜそう想ったのか。かつて私はジョバンニは巫者だと論じたことがある（「『銀河鉄道の夜』論」『宮沢賢治』第一七号　洋々社　二〇〇六）。この場合の巫者とは脱魂型の巫者で、魂そのものとなってこの世とあの世を往来する能力を持ったもののことだ。何処にでも行ける切符をもったジョバンニは、「銀河鉄道」に乗ってこの世ならざる光景を見、この世のものではない様々なものたちと出会い、そして戻ってくる。それは巫者の旅そのものである。

この歌集『トゥオネラ』に描かれる幻想的光景も、登場する少女や老婆や母も、この世ならざる世界を旅する作者のまなざしにとらえられたものと考えると、納得がいく。この世の存在感をあの世の存在感へと反転させる巧みな手際によって、この歌集に描かれるものたちは、何とも言えないリアリティがある。このリアリティは、作者がジョバンニのようにこの世ならざる世界に入り込んでしまっていることによって成立しているのだ。普通は、私たちの生きる現実世界に位置して幻想世界を現実世界への不安や怖れを照らし出す比喩として描く。がそれでは松平修文の幻想世界のリアリティは生まれない。

むろん、この歌集に、現実世界を生きることの不安や怖れが表現されていないわけではない。が、それは読み手がそのように解釈することであって、この歌集の作者は、眼前の光景を、ジョバンニのようにまなざし、ただ叙述しているだけなのだ。何故、この世ならざる世界を旅し叙述するのか。その理由はわからない。ジョバンニ自身が何故「銀河鉄道」に乗ってしまっているのかわからないように、である。松平修文の歌の世界にとって、その「わからない」というのが肝要なのだ。何故なら、それは、いつのまにか幻想世界に入り込んでしまうという希有な能力の証左であるからだ。それは巫者の才能とも言える。

一九八〇年代後半、リアリズムは現実世界を失って虚構らしさを喩える形容ともなった。ファンタジーやアニメの虚構のリアリティがもてはやされた。虚構に引きこもりそこにリアリティを感じるリアリズムが席巻した。だが、松平修文は一九七〇年代に歌集『水村』（一九七九）で、すでに独自な虚構のリアリズムを創出していた。『水村』のリアリズムは、ファンタジーやアニメ的リアリズムとは違う。むしろ、私たちの生の根源に降り立つような原始の光景を描く、宮沢賢治的幻想世界につながるとみるべきだろう。宮沢賢治よりは妖しく死やエロスを湛えた世界ではあるが。だからこそ、その幻想の強度は時代によって劣化したりはしないのだ。

『トゥオネラ』は五冊目の歌集であるが、『水村』以来四十年の年月が過ぎて、さすがに描かれる世界も変わってきた。幻想の光景や人が多様化し、死が意識されてきた。森、みずうみ、少女は健在だが、老婆や老いた母が印象深い。

水番の老婆星なき夜に目覚め、憑かれしごと泥の林檎をつくる
根雪となり沼も凍りて、番小屋の老婆は森の家へ帰りき
過ぎ去りし時間の闇の奥に立ち花林糖揚げてゐる母が見ゆ
童女のごとくなりて水辺の花を摘む老母(はは)に百頭の蝶がまつはる
ひと葉さへ動かざるゆゑ怖ろしき晩夏の森と老母(はは)はつぶやく
濁流に架かる橋のたもとで母と別れ　風吹き荒ぶ砂漠の駅で父と別れ

『水村』では固定的であった幻想を紡ぐまなざしは、『トゥオネラ』では旅をしているように多くのものを見る。特に、老母の歌が際立つ。老母はジョバンニにとってのカンパネルラなのだろうか。老母の行く先はカンパネルラのように死の世界である。が、『銀河鉄道の夜』と違うのは、その死の世界は「木苺がをはり山葡萄がをはり猿梨(こくは)がをはり、枯れいそぐ沼に菱食(ひしくひ)どもが来てをり」というように自然の生物の蠢き（生）のなかに溶け合っていて、行ってしまったら戻れない絶対的な向こう側ではないということだ。それはアニミズム的世界と言ってもいい。私が松平修文の幻想世界にふと懐かしさを感じる理由は、どうやらそこにある。

この不思議な既視感に満ちた異世界

歌集『トゥオネラ』の世界は、不思議な既視感に満ちている。

四十年前の歌集『水村』では、不思議というよりは、神秘な幻想に満ちた異世界を見せてくれていた。その幻想の世界に魅入られたが、『トゥオネラ』は、その世界を引き継ぎつつも、違うところがある。『トゥオネラ』には「不思議な既視感」とでも呼ぶべきものがある。

歌集の「栞」（前頁「ジョバンニに似ている」）に私は既視感があると書き、それを、『銀河鉄道の夜』のジョバンニが見る光景のようだと書いた。この場合の既視感とは、そういえば『銀河鉄道の夜』のあの世の光景に似ていたな、という程度の意味であったが、ここで言おうとしている既視感は、その『銀河鉄道の夜』の光景をすでに生きていて（例えばジョバンニとカンパネルラが出会う鳥取りのように）、あの世が日常のようになっている、というような感じか。

このような感じをなんとか説明したいと思うのだが、その方法として、似ていると思った宮沢賢治の『銀河鉄道の夜』と比較してみたい。

『トゥオネラ』には、次のような、一人称の独白のようなつぶやきのような歌が目立つ。

A群

僕らはどこへ行くのか　こんなにも草臥れてゐて、こんなにも勇気を無くなしてゐて
めがさめてまつくらがりのくらがりに、何も考へられずをるなり
人生の何もかもを消してしまひたいと思ふことがある、誰だつてある
見えなくなり　聞こえなくなり　何もかもわからなくなり、わからなくなり

このように、一人称の言葉を幻想の光景や物語に落とし込まずにそのまま歌にしてしまっているのだ。一方、『水村』で発揮した絵画的幻想の歌も健在だ。

B群

街へ行きしや森へ行きしや　明け方に戻り跛犬(びっこいぬ)傾きつつ水を飲む
水番の老婆星なき夜に目覚め、憑かれしごと泥の林檎をつくる
夜空の果ての果ての天体(ほし)より来しといふ少女の陰(ほと)は草の香ぞする
森の樹は悉く枯れ来る日も来る日も晴れざる霧のプラットホーム
川で生まれたものらのやうに夏の夜の少年少女は、水中で交はり

魔女のような老婆も精霊のような少女も、そして森も健在である。さらに、この歌集には老母の死を歌う歌が加わる。老母は、森に棲む精霊のように逝く。

C群

暗き森をさ迷ひゐしや、目覚めし老母(はは)は明りをつけてくれぬかと言ふ
童女のごとくなりて水辺の花を摘む老母(はは)に百頭の蝶がまつはる
隠しゐし黒き翼を、老母(はは)はこの世に僕を置き去りにするとき使ふ
かへせ　僕にかへせ　かへせ　老母(はは)を納めた柩をかへせ

以上を、A群、B群、C群と分けてみたのは、それぞれの歌い手のまなざす世界が違うからである。この違いを『銀河鉄道の夜』に比してみよう。まずB群は、ジョバンニが車窓から見ている光景と言ってよい。この世（三次元空間）の存在であるジョバンニは銀河鉄道に乗って車窓からあの世（四次元空間）を見つめる。そのまなざしによってとらえられた光景といってよいか。その幻想が画家のようなまなざしでしっかりと見つめられている。『銀河鉄道の夜』と違うのは、性（生）の萌しが幻想世界でもうごめいていて、それがエロチックに描かれているということだ。第二歌集『原始の響き』という題名が物語るように、起源においては生は性でありまた死と表裏なものとして幻想される。私はそこにアニミズム的古代を見てしまうが、このアニミズム的古代は、宮沢賢治とは違う。

　童貞のまま死んだと言われている宮沢賢治は、過剰と思えるほどにおのれの少年期の性を抑圧したのだろう。その抑圧に抗する生の希求は、日蓮宗への激しい信仰心と、ときに汚物のようにあらわれる生（性）の蠢動を排除し、鉱物の結晶のごとき美しく純粋な幻想世界を生み出した。が、『トゥオネラ』

の作者は、その生（性）を排除せずに宮沢賢治的とも言える幻想世界を描く。従って『トゥオネラ』においては、ジョバンニは、水晶の河原の、水素よりももっと透きとおった川の水のなかで、少年と少女が交わるのを見るのだ。

C群は母の死を歌うが、この母へのまなざしは、ジョバンニのカンパネルラへのまなざしに似る。ジョバンニはカンパネルラとどこまでも一緒に行きたいと思っている。だが、カンパネルラは、銀河の果てへと旅立ってしまう。ジョバンニは、カンパネルラが他の乗客と親しげにすると嫉妬の感情すら抱く。ジョバンニとカンパネルラの関係を、賢治と最愛の妹トシとの関係になぞらえる説があるが、案外当たっている。妹トシの死（大正十一）の二年後に『銀河鉄道の夜』の最初の原稿が書かれた。賢治は銀河鉄道に乗ったトシの旅を描こうとしたのかも知れない。

『トゥオネラ』では、老母は、他界である森に帰るが、歌い手の老婆へのまなざしは「かへせ　僕にかへせ　かへせ　老母を納めた柩をかへせ」のように、強い情が帰ることを拒む。この老母への激しい情の表出が、『水村』とは違う印象を与えている、と言っていいであろう。

A群は歌い手の独言である。この独言は、歌い手の孤独の表出でもある。ジョバンニもまた孤独だった。ジョバンニはカンパネルラを前にして次のように自分に語りかける。

どうして僕はこんなにかなしいのだろう。僕はもっとこころもちをきれいに大きくもたなければいけない。あすこの岸のずうっと向うにまるでけむりのような小さな青い火が見える。あれはほんとうにしずかでつめたい。僕はあれをよく見てこころもちをしずめるんだ。

タイタニック号で死んだ青年や少女と親しげに話すカンパネルラの前で、ジョバンニの感情は揺れる。が、ジョバンニは、自分の内奥にある「小さな青い火」を見つめることで耐えようとする。その「小さな青い火」は、ジョバンニの徹底した孤独を象徴している。歌集『蓬(ノヤ)』で父を見送り、『トゥオネラ』で母を見送った歌い手の自らへのまなざしには、やはり「小さな青い火」が映っていたに違いない。

さてここで、吉本隆明の『共同幻想論』から、あの懐かしい概念「共同幻想」「対幻想」「個幻想」をあてはめるなら、A群は「個幻想」、B群は「共同幻想」、C群は「対幻想」ということになろうか。『水村』はほとんど共同幻想に満ちた歌集だったが、『トゥオネラ』では、個幻想と対幻想が混じり合っているということだ。個幻想や対幻想が、歌い手の現在の孤独感や亡き母への思いに発するとすれば、それは、さすがに『水村』から四十年経って、歌い手の人生が反映されているということだろうか。おそらくはそうである。が、『トゥオネラ』は、多くの歌集のように、自分の人生や現実を素直に歌に表出してはいない。いや、表出しているのだとしてもそのように読めない。そこに歌い手である松平修文の歌の独特な世界があり、宮沢賢治と比較してみたくなる理由がある。

それは、共同幻想があまりにも圧倒的で他の幻想をも包み込んでしまうということである。その意味で、『水村』の幻想性は褪せることなく『トゥオネラ』をも覆っているのだ。ただ、『水村』では幻想性が際立っていた。現実である生活世界から隔絶するように屹立していた。その屹立ぶりに魅力があった。が、『トゥオネラ』ではその幻想性がやや落ち着いてきたと言える。それは、A群やC群のような歌がある、ということによっていよう。

読み手にとってみれば、『水村』は『銀河鉄道の夜』の車窓から見えるこの世ならざる風景をただただ見つめているだけである。が、『トゥオネラ』ではその風景を見つめる主体やその主体が強く想う存在への情に感情移入できる。それらは、この世の私たちに同一化可能である。その分、『トゥオネラ』の世界はこの世の読み手の現実に近い。だが、読み手は結局、この世ならざる風景を見つめる主体もその情も、銀河鉄道という共同幻想のなかで成立していることに気づかされるのだ。

つまり、私たちの生活世界における現実感覚が、あの世とも言える幻想世界（共同幻想）での感覚では決してない、などという保証など何もないことに気づかされる、ということである。別の言い方で言えば、現実と非現実との境界のない世界にたたずんでいるという感じ、とでも言うべきか。例えば読み手は、老母の死をうまく受け止められない。本当は死んでいないのではないかということではなく、老母は森から時々あらわれて歌い手と会話しているように思われるからだ。

『トゥオネラ』の幻想世界はその意味で親和的であり、パラレルワールドに入り込んだ感がある。「不思議な既視感」があると感じたのは、この世ではないにもかかわらず親和的である、というところから来るようだ。

ちなみに「トゥオネラ」はフィンランドの神話世界における死者の国のこと。その国には川が流れている。この「トゥオネラ」の世界を描いた叙事詩は「カレワラ神話」として知られている。英雄レンミンカイネンは求婚の旅に出るが、トゥオネラの川で毒矢に射られ、身体を八つ裂きにされて死ぬ。母はトゥオネラの川に赴きバラバラになった息子の身体をかき集め蜜を塗って生き返らせる。日本の出雲神話におけるオオナムヂの蘇生と比較されるところである（小泉保『カレワラ神話と日本神話』日本放送出版協会）。

死者の国と題されたこの歌集の世界にどこか懐かしさを感じたが、それは、神話まで遡って、私たちの無意識の光景を親和的に描いてくれているからに違いない。

付記　この原稿を『月光』の編集部に送ってから、しばらくして松平修文氏の訃報が届いた。今頃銀河鉄道に乗って旅をしているのだろうか。それとも、御老母と森の中でお話でもなさっているのだろうか。ご冥福をお祈りします。

第六章　慰霊と情

「風の電話」に想う

歌誌『月光』の歌を取り上げてほしいということなので、四十五〜四十七号を読んでいたのだが、四十七号の次の歌が目にとまった。窪田政男の歌である。

ぬる燗と蛸の切り身をもう少し一人ひとりの風の電話よ

「風の電話」とは、この歌の注によれば、東日本大震災に見舞われた岩手県大槌町の海を望む高台に、電話線がつながっていない電話ボックスがあって、それは思いをつなぐ「風の電話」と呼ばれている、ということである。

「風の電話」に惹かれた。歌の評ということから離れて、この「風の電話」から震災詠のことなどを語ってみたい。この「風の電話」という言葉を別の歌で見かけている。『現代短歌』(二〇一六年四月号)の「東北を詠む」という特集で、宮城県仙台市の皆川二郎の詠に

つながらぬ「風の電話」のボックスに心を癒やすと聞くもかなしき

がある。この特集を最初読んでいたときは気づかなかったのだが、窪田政男の歌が気になってから読み返したときに気づいた歌である。実は今年（二〇一六年）の三月十日のNHKスペシャルの番組で「風の電話〜残された人々の声」という題でこの「風の電話」のことが放映されていた。私は見ていなかったのだが、調べると、「風の電話」は絵本にもなっていてよく知られているらしい。NHKスペシャルの番組はアーカイブで観たが、遺族が死者に語りかける言葉は涙なしには聞けなかった。「風の電話」は個人の土地にある私設の電話ボックスで、その持ち主は震災の前の年に亡くなった従兄弟と話したいという思いで作ったという。その後震災が起こり、この電話を多くの人に開放したということだ。

私が「風の電話」に惹かれたのは、最近死者を歌うということについて論を書いているからで、震災以降五年経ったが、「風の電話」のように、死者への語りかけはまだ続いている。それは、歌についても同じである。

短歌誌も五年後の今年『現代短歌』が四月号に「東北を詠む」という特集を組み、東北在住歌人の多くの震災詠を紹介している。『歌壇』三月号は「震災詠から見えてくるもの—東北大震災から五年」と題して特集を組んでいる。『歌壇』特集の座談会で紹介されていた歌が目にとまった。

石巻（まき）のお母さん探しても探しても見つけて貰えなかったので
　ゆうべお母さんの方からいらっしゃいましたか
児玉ちえ子『河北新報』二〇一一年十一月十三日

海風がみちびく一艘また一艘この空をゆくおかへりみんな

斉藤　梢『3・11万葉集』

最初の歌は不思議な歌である。死者であるお母さんに語りかけているのであろう。探しても探しても見つけて貰えなかったので」という言い方は本来は、「(母は)(わたしたちが)探しても探しても(わたしたちに)見つけてもらえなかった」であろうが、主語や目的語を省いてしまうと、死者である母と母を探す家族とが、どちらかが相手を目的語として叙述するのではなく、両方とも主語であるかのように語られる落ち着きの悪い言い方になっている。後半の「ゆうべ～」は眼前の母に語りかける言い方になっているが、「ので」から続くその続き方がおかしい。「～ので」で続くなら、「(見つけて貰えなかったので)母の方からやってきた」といった三人称的ないい方になるのが普通だが、突然母に語りかけるところに唐突感がある。が、この、整った叙述でないやや錯綜した文体にこそ、眼前にいない死者に、あたかもいるかのごとくに話しかけることの、ささやかな不条理があらわれているのである。そしてその不条理に読み手は生者の死者への思いを感じるのである。

二首目は死者たちの乗り物を「一艘」と呼ぶ神話的な幻想に満ちた歌であるが、最後の「おかへりみんな」が心を打つ。死者に呼びかけずにはいられない。が、それを歌にするのは生半可な歌い方では無理だ。この歌は、その呼びかけに実に気持ちが入っている。

結局、死者をうたうということは死者と会い話すということに他ならない。「風の電話」で死者と話す人が途絶えないのとそれは通じることである。

何故死者と会い話すのだろうか、という問いは愚問だが、問うてみる価値はある。『歌壇』の特集で吉川宏志が「震災の歌　百首選」を掲載している。その中に次の歌がある。

「忘れたい」と「忘れたくない」がぶつかってどこまでも青い三月の空

河野大地『河北新報』二〇一二年三月十五日

死者を弔うのは、死者から離れる（忘れる）ためであるというのが、社会的に合意されている原理である。死者を送って、死者との繋がりを、どこかの神社で祀られているような神とその神に手を合わせるものたちのような関係に置き換えるか、先祖の肖像画の一枚のように記憶の中に飾り、時々思い出す、そのように死者との関係を再構成する、ということである。そうでなければ、私たちは常に死者を忘れることが出来ず、フロイト的に言えば「喪の仕事」に失敗しメランコリーの状態で生きなければならなくなる。つまり、死者への思いがどんなに痛切でも、私たちが社会的な存在であるかぎり、死者を「忘れる」という原理が私たちには内在されていて、その原理に沿って生きるのである。だが、そうであるにもかかわらず、私たちは、死者に対して「忘れたくない」ようにふるまい表現することを止めない。従って、「忘れたい」「忘れたくない」の葛藤もまた、私たちに内在されているのだと言っていい。

「忘れる」が私たちの日常を構成する秩序だとすれば、「忘れたくない」というふるまいは、秩序に抗するものであり、私たちの非日常であり、その表現は例えば歌になる。が、たいていはその非日常は日常の秩序に組み込まれる。社会が担う、つまり、儀礼などの公的な鎮魂は、社会的にみれば「忘れる」側が「忘れたくない」思いを秩序に組み込む一つの方法である。が、実際は、そんなに簡単に組み込めるものではない。吉川宏志「震災の歌　百首選」に佐藤通雅の歌が載っている。

生き残つただけでも死者を傷つける碑をまへにして額づくさへも

碑は公的な鎮魂を表す。そこに額づいても生き残ったことの後ろめたさが責め立てるというのだが、この生者の痛みは、「忘れる」ことへの抵抗だとみなしてもよい。どんなに悲しんでも結局は忘れていくんだ、という原理を抱え込んでいることの痛さを歌っている、ということであろう。

NHKの番組で「風の電話」をかけた人が、このままだとみんな忘れてしまうから（電話をした）と語っていたが、「風の電話」もまた「忘れる」ことへの抵抗として存在しているのである。

『呼び覚まされる霊性の震災学』（新曜社　二〇一六）という本がある。この本のなかに、工藤優花「死者たちが通う街」という論があり、その論に、震災後津波で亡くなった死者を乗せたというタクシードライバーの体験がいくつか書かれている。その事例は一つや二つではなく結構多く範囲も広いという。死者が乗車したとき、タクシーのメーターは「乗車」になる。ところが死者（幽霊）は途中で消える。その場合記録としては無賃乗車扱いとなる。つまり、死者を乗せたという事例は、無賃乗車という記録として実際に残されているというのである。この幽霊話は客観的な証拠付きの話なのである。

工藤優花は、死者を乗せたこれらのタクシードライバーは死者の「無念の想い」を伝える語り手の役割を担っていて、彼らもまたそのように自覚している、と述べている。つまり、タクシードライバーは、人々の「忘れたくない」死者への想いを、死者と出会って死者の無念な想いを聞き伝えるという幽霊譚の形式で、語っているのだ。

このような幽霊譚もまた「忘れる」ことを指向する私たちの日常の秩序の、その割れ目から噴出した「忘れたくない」思いなのであろう。

震災詠もまた、間違いなく、「忘れる」ことに抗する「忘れたくない」側にある。震災詠を読みながらそのことをあらためて嚙みしめたのである。

慰霊の心性

―喚起される情―

慰霊とは、戦死者や災害等で亡くなった人たちの霊を鎮魂し、かつ顕彰する儀礼である。この慰霊については、民俗学の分野から詳しい事例報告や研究が近年盛んである。その背景としては、国民的な議論を呼んでいる靖国神社における戦死者慰霊が背景にあるだろう。むろん、慰霊が社会的にクローズアップされるのは戦死者に対するものだけではない。御巣鷹山での日航機墜落の犠牲者の慰霊、あるいは阪神淡路大震災や3・11の大震災の犠牲者に対する慰霊なども、必ずニュースに取り上げられる。

この慰霊については、民俗学だけではなく、歴史や社会学、宗教学等のアプローチがあるが、私が専門としている文学の分野からはあまり見られない。そこで、慰霊を、文学の領域から論じてみたい。具体的には、慰霊における情の働きについて考えることになる。慰霊には人々の情という要素が強くあると思われる。この情とは、生者が死者に対するときの二人称的他者あるいは三人称的他者への「悲哀の感情」であるが、ここで問題にしたい情は、死者に対する生者の反射的な身体反応というものではなく、ある一定の形式を通して回帰的にくり返し引き起こされるところの身体もしくは心の情緒的反応といったものである。この情の考察を通して、慰霊の心性、特に慰霊における情の働きについて考えてみたいのである。

一 「海ゆかば」が喚起する「情」

山折哲雄は少年時代学校で「海ゆかば」を歌わされると替え歌をしながらややふざけ気味に歌っていたという。しかし、戦後になって、渥美清がうたう「海ゆかば」を聴いたときのことを次のように述べている。

渥美清の歌う「海行かば」の旋律が、あの特徴のある生まじめな声にのってひたひたと心にしみてきた。地の底に引きずり込むような哀調が私の全身を押しつつみ、神経が逆立つ緊張感が襲ってきたのである。「海行かば」との再会が、そのような形でやってくるとは予想もしないことだった。

（山折哲雄『これを語りて日本人を戦慄せしめよ』）

この「地の底に引きずり込むような哀調」としての「海ゆかば」は慰霊の歌として広く歌われた。まず、慰霊の心性を考える一つの手がかりとして、戦前に作曲され鎮魂の歌として広がった「海ゆかば」についてとりあげたい。なおこの「海ゆかば」についての詳細は、丸山隆司による労作『海ゆかば―万葉と近代―』（二〇一二）をほぼ参照したものである。

信時潔作曲による「海ゆかば」は昭和十二年に戦意高揚歌として作曲された。歌詞は、万葉集、大伴家持の長歌の一節「海行かば水漬く屍　山行かば草生す屍　大君の辺にこそ死なめ　顧みはせじ」をそのままとったものである。「海ゆかば」は、明治初期に「君が代」と一緒に雅楽曲として作曲されていたが、昭和十二年に信時潔によって西洋音階を取り入れた荘重な音楽として新たに作曲され（NHKの依頼による）、この曲が戦時の様々な場面で歌われたのである。この歌詞からわかるように、天皇のためには死をおそれない、という武士（もののふ）の気概を歌った内容であるが故に、戦争下で、国民の国家への犠牲的献身を当然とする歌として、公的な儀礼の場では必ずと言っていいほど歌われた。本来は戦意高揚歌として作られたのであるが、実際は黙祷の伴奏歌として歌われた。玉砕を告げる放送の時に伴奏歌として演奏されたことにもよるが、荘重なメロディや、歌詞の「海ゆかば水漬く屍／山ゆかば草むす屍」が、鎮魂によりふさわしかったのだと思われる。この歌詞の「屍」は死者の情念を生者にまざまざと想起させるという意味で、情を喚起する依代のようである。

丸山隆司（『海ゆかば―万葉と近代―』）によれば、沖縄のひめゆり学徒隊は死を覚悟したとき「海ゆかば」を歌ったという。この場合、せまりくる自分の死を「大君の辺にこそ死なめ／かえりみはせじ」と意味づけることで受け止めようとしたというよりは、それは一人称的他者（自分）の死へのシズメ（西村明『戦後日本と戦争死者慰霊』の「フルイとシズメ」を参照）ではなかったか。つまり、形式化されたことばの中の「屍」を歌うことによって喚起される強い情念によって、生者である自分を大勢の「屍」の共同体と共感的に一体化させ、そしてその定型の「うた」の力でシズメる（運命を享受させる）ということである。

丸山は、何故万葉の歌が歌われなければならなかったのか、と問う。例えば丹羽文雄『海戦』に次のような場面があるのを引用する。

ある一室をのぞくと、線香が燃えていた。二、三十本の小さな火から濃い白い煙をあげていた。清潔な部屋に戦死者が安置されていた。私は立ったまま合掌した。目をつむり頭を垂れた。彼らは死のそばに偉大なものを置いていた。一種の威厳と、静かな誇りを示していた。死はだれも知っているが、私はこれまでにこうした思いで死に接したことがなかった。私はじっとしていた。この感動をどうあらわしてよいか判らなかった。両手を合わせてうなだれていると、私の胸からかすかなメロディーがなりひびいてくるようだった。遠くからの底力のあるひびきであった。音楽でなければこの感動は表現できないと思うと、わき立つようなメロディーが強くなった。私の胸の中には苦しいほどにメロディーがひびいた。あるいはそれは音をかたちづくる以前のものであったかも知れない。私の胸にはすみ切った音色があふれてきた。だんだんとそれがまとまり、「海ゆかば」のメロディーにかわった。もり上がってくる合唱の力強いひびきとなった。私の全身の神経は結びめの一点に集中された。私の頭は鳴りながら澄んでいった。みしみしと縛りつけるような静寂が感じられた。みしみしと鳴ることももはや静寂の一部となり、「海ゆかば」はその、静寂のなかからもりあがってきた。(傍線は筆者)

丸山はこの「音をかたちづくる以前のもの」に着目し、それを古代的なるものではないかとしている。その古代的なるものとは、近代によって作られた「虚構」であるとするのだが、それでもそこに古代的なるものがあらわれることに着目する。その問題を、奄美の加計呂間島での、特攻隊の隊長であった島尾敏雄と島の娘で後に島尾の妻となるミホとの間で交わされた言葉から解き明かしていく。丸山は次のように述べる。

「以前は外国の小説を夢中になって読」む女性であったミホが、「金槐和歌集」に惹かれ、「古事記や万葉集に涙する」ようになっていった。なぜか、「外国の小説」を読むことは、そこに描きだされる人々の屈折した心情を翻訳文体から感受することだ。そのためには、必ずしも親和的とはいえない文脈をたどり、意味を分節するような緊張が維持されなければならない。しかし、「古事記」や「万葉集」のことばや表現はそうした緊張なしに親しいものとして受け入れることができたからだ。そして、「いい歌をあなたにお捧げたい」と願う。もちろんそれが恋愛感情の発露であると読み取ることができるが、しかし、見落としてならないのは、二人のおかれた状況と切りはなすことができないことだ。

神奈備にひもろぎ立てて祈りませう加那（吾背子）が御生命護らせ給へと

特攻隊長である恋人が死を免れないことを知りながらも、このようにうたうこと、しかも、「加那（吾背子）が御生命護らせ給へ」と「祈」る神とはいかなる神であったのだろうか。「神奈備にひろもぎ立てて」という表現はあきらかに『万葉集』のことばであった。

「隊長さま」とミホとの関係が、「戦争のあいだじゅう、そこで営まれた死の準備はわがままな虚構であったと言える。そこでは古代ばかりがかりそめに展開した」（「廃址」）と島尾が書きとどめているような状況であった。そのことは往復書簡においても確認できる。「隊長さま」とミホとの関係を表象する歌やことばが「古代」的であったということでもある。つまり、あの亀裂の存在は戦争による死に直面した島の集落の人々と特攻隊・基地大隊との「虚構」の「古代」によって麻痺させられていたのだ。

「古代」は死という現実に直面した男女が、その現実を麻痺させるための「虚構」であったということであるが、何故それが古代なのかについて丸山は「ウタイ／ウタワサレル」古代的な言葉が「共同性に転位する」力を持つからだと述べている。

「大君の辺にこそ死なめ／かえりみはせじ」は古代大君を守護する豪族の古めかしい忠誠心であったと思われる。多田一臣は、大伴家持は聖武天皇が詔で大伴家の先祖が伝えた言葉だと記した「海ゆかば」の文言を知らなかったのではないかと推測している（『大伴家持』一九九四）。つまり大伴家もまた古代を「虚構」として幻想したということであろうか。それが近代になって繰り返されたのだ。

その古代の言葉である「海ゆかば」が、天皇を抱く近代国民国家の戦争のために国民を従軍させる忠誠心に読み替え可能とする発見がそこにはある。その背景には、現人神を国家の頂点に据えなければならない非近代性を逆手に取るアイデンティティの模索（例えば言語以前の情念を西洋のロゴスに比して価値とする思考）があったろう。

が、そうだとして、「うた」は近代になって突然発見されたわけではない。「うた」はその始まりから、情を喚起させ、共感の共同体を立ち上げるものであった。その意味で、公共的な場へと開かれるべき性格を最初から有していた。ここでは、近代によって発見されたとする「共同性への転位」としての古代性という丸山の指摘を踏まえつつ、「海ゆかば」の「うた」としての情の働きに注目したい。つまり何故古代なのかは、情を喚起させるということに関わるとみなしたいのである。

「海ゆかば」は日本各地の慰霊の場で歌われた。丸山『海ゆかば』の資料にあるように、沖縄県座間味島忠魂碑には「海ゆかば」の歌詞が刻まれている。島の人たちは聖地に戦死者の墓を建てるなど反対したという。だが、忠魂碑は建てられ、慰霊の儀礼がくり返し行われ、そこで「海ゆかば」が歌われた。丸山は、そのことが集団自決にもつながったのだと指摘するが、ここでは、「海ゆかば」が喚起する情が慰霊の場では大きな意味を持ったのだと理解したい。

例えば靖国神社での臨時大祭に戦死者の遺族が集まりそこで「海ゆかば」が歌われる場面を丸山は次のように引用している。

……終つて「海行かば」に歌詞が変れば感極まつた女性達の合唱の中へ突然幼い歌声が入つた。草むす屍と続けるこの声は傘もさゝず老婆と共に立つ田舎の八九歳の小学生で、小倉の服ながら洗ひ浄められ、継の当つた半ズボンは折目が正しい／真黒な顔を天に向け雨に打たせ亡き父よ聞けと涙ため幼い声を張り上げて歌ふ／……誰もが泣いた、誰もがこの幼い声に聞き入つた……やがて遺族達や一般参拝者まで涙声で「大君の辺にこそ死なめかへり見はせず(ママ)」と声を揃へて共に合唱したのであつた。（『都新聞』一九四〇年〈昭和十五〉十月　／は改行）

「海ゆかば」が慰霊の場で人々の情を喚起し泣かせる機能を持つものであったことがよく伝わる。

山折哲雄が「地の底に引きずり込むような哀調」と呼んだ何かに、慰霊の場にいた人々は耐えきれず泣き出したと言ってもよい。それにしても、情というものが何故慰霊において意味を持つのか。そのように問うてみたい。

二　哭き歌との切断

死者への情の昂まりは、身体的反射としては亡くなった直後に起こり、さらに、葬儀の儀礼の演出において最高潮に達すると思われる。だが、ここで言う「情」とはそのような情との切断によって表れるものである。

かつて中国雲南省の少数民族彝族の葬儀を遠藤耕太郎と取材する機会があった。初日、村の女性達がそれぞれ木の葉で哭き歌を歌いながら遺体をさすっていた。その後この葬儀を最後まで調査した遠藤耕太郎は、遺体を火葬場に運ぶ途中、哭き歌を歌う女たちは途中で引き返し火葬場には行けないのだと報告している（『古代の歌』「第5章　死者をめぐる歌・唱え言」二〇〇九）。

火葬場に行くのは男たちであり、彼らもまた火葬場に着くと死者のケガレを避けるために早々に引き上げる。女たちが火葬場に行けないのは、女たちの方が死者のケガレに弱いからだと村の人たちは言うが、遠藤耕太郎は、「その分かれ道で近親女性により体現された人々の個人的な悲しみは、一気に火葬場、そして死者の世界へと突き進む男性たちの表現に押さえ込まれ、社会的秩序が取り戻されるのである」と述べる。つまり、哭き歌は、死者への悲しみの情を時には死者を非難するほどに強く表現するために、社会の秩序をひっくり返すような強い働きを持っているが、同時にその哭き歌という方法によって「封じられつつも歌われることにより聴衆に開かれている」というのである。が、それでも哭き歌が喚起する情念は、社会的秩序の回復のためには抑圧されなければならない、ということだろう。それが、火葬場に行くことが許されないということである。

この哭き歌の事例は、日本の慰霊において「海ゆかば」もしくは、万葉における挽歌のような歌が歌われることを考えるうえでヒントになろう。哭き歌もまた言語表現であり、その言語表現が「哭く」という身体的反応を引き起こしているとも言える。が、その表現は同時に、村人たちの死者へのとめどもない思いや情念を適度に封じる働きも持っているということである。だが、それでも、眼前にまだ遺体があるという葬儀の場では、その歌が引き起こす情は儀礼的に断ち切らなければならない。たぶんに哭き歌によって喚起される情は死者の世界にあまりに近づきすぎると考えられ、抑圧される必要が生じたということだろう。

その意味で慰霊祭に歌われる「海ゆかば」は、葬儀での哭き歌とは同じようだが違う。同じようであるというのは、言語表現によって情が喚起され、「うた」であることで「封じられつつも歌われることにより聴衆に開かれている」ことだが、「海ゆかば」は、哭き歌がいったん抑圧されたあとに出てくる表現であると思われるからだ。その意味では、表現の水準としては「海ゆかば」は万葉集の挽歌の伝統を受け継ぐと言える。

上野誠が指摘するように（上野誠『万葉挽歌のこころ』二〇一二）万葉挽歌は必ずしも葬送儀礼の時に歌われたものだと理解するべきではない。

例えば、斉明天皇が八歳で亡くなった孫の建王を歌った歌がある（日本書紀斉明天皇四年）。

今城なる小山が上に雲だにも著くし立たば何か嘆かむ（紀116）
射ゆ獣をつなぐ川辺の若草の若くありきと吾が思はなくに（紀117）
飛鳥川漲ひつつ行く水の間（あひだ）もなくも思ほゆるかも（紀118）

この三首は、挽歌と分類して差し支えないが、儀礼の場で歌われたものではない。というのは、日本書紀にはこの歌の後の記述に「天皇時々に唱ひたまひて悲哭（みね）す」とあるからで、この「時々」は儀礼的な場というより、明らかに建王を心に思い起こして歌ったととれるからである。むろん、この歌が、何らかの儀礼の場で歌われた可能性はあるとしても、すでに、この歌は、哭き歌の水準にはない。つまり、死者への情を反射的に喚起させる哭き歌がいったん抑圧されるという段階を経て、死者への情を哭き歌よりは緩やかに喚起させる「うた」として歌われていると思われる。

「海ゆかば」は表現として挽歌ではないにしろ、死者への情を喚起させるという意味合いにおいては、挽歌的機能を持っていた。だから、慰霊の場において歌われたのだが、それは儀礼の場で最後に抑圧される哭き歌のレベルではなく、死者への情をくり返し起動させる挽歌的表現を継承するものと言える。

ところで、情を喚起させるという言い方をしてきたが、何故、人は、ことあるごとに死者への情を喚起させなければならないのだろうか。情が社会的秩序を逸脱する力を持つならば抑圧され封じられなければならないということはわかる。とすれば、何故くり返しその情は喚起されなければならないのか。一度喚起され涙を流せばそれですむのではないか。何故いつまでも引きずるのか。この問いは、慰霊に死者への情を喚起させる「うた」がつきものだとするなら、何故いつまでも慰霊をするのか、という問いにもつながるだろう。

三　生への抵抗

家族などを失ったとき、人は一定の心理プロセスを経てその悲しみから立ち直っていく。フロイトはそれを「悲哀の仕事」と名付けた。小此木啓吾は、悲哀の感情を引き起こす喪失体験を「対象喪失」と呼び、そこから立ち直るための悲哀の仕事の失敗が、精神の病に大きくかかわると論じている（『対象喪失』一九七九）。

例えば母親を亡くした乳幼児の悲哀の仕事は、まず、母親を失ったことを受け入れようとせず、母親を探し求めようとする対象喪失への「抗議と不安」、それから、母親のいない現実を受け入れることで襲う「絶望と悲嘆」、その後に母親を失ったことを忘れ、新しい保護者を受け入れることで新しい生を始める「離脱と新しい対象の発見」の三つの段階（J・ボールビーの説）があるという。

この心理のプロセスを彝族の哭き歌において考えた場合、哭き歌は、何故家族を残して死んだのかとくどき生者の悲しみを言い立てる。そこには、「抗議と不安」から「絶望と悲嘆」への流れを確認出来よう。火葬場に行くことを許されないという抑圧は、死者をあの世に送り、生者が新しく生き直すための必要なプロセスであったと言える。

一方、慰霊における「海ゆかば」はどうなのだろう。哭き歌は、一度抑圧されれば何度もくり返されるものではない。くり返されれば、それは悲哀の仕事に逆行することになり、生者の新しい生を妨げることになるからだ。とすれば、何度もくり返され死者への情を喚起する「海ゆかば」のような慰霊の「うた」は悲哀の仕事に逆行していることになる。つまり、死者から離脱し、新しく世界で生きていくことへの言わば抵抗として歌われているということである。

特に異常死の死者の場合、戦死者のように、生者にとってその死に何らかの自責の念が伴う場合は、その死を忘却して新しい生を生きることは難しい。死者への情（死者の様々な情念に感情移入しながら）をくり返し現前させそれに打たれながら、死者を忘却する時間の流れに抵抗すること、それも人間の本質である。

斉明天皇は、挽歌的表現の歌を時々歌うことで、建王を忘却していこうとする自分の生に抵抗していたのだ。この抵抗もまた人間が抱え込んだ生のあり方であろう。万葉集の挽歌が文学として評価されるのは、大きな流れとしては、死者を悼み新しい生へと流れて行く時間の上に立ちながら、その流れに逆らおうとする人間の本質によって支えられた表現であるからだ。

社会秩序の構築は、死者への情念の断絶を本質とするだろうし、それは私たちの生の根幹をなすものだとも言える。が、その断絶に逆らおうとするのもまた私たちの生き方なのだ。生とは何ともアンビバレンツなのである。

四　慰霊としての「うた」の機能

慰霊の「うた」の問題に立ち返るなら、「うた」が歌われるのは、それによって情が引き起こされるからだ。その情とは、ある一定の形式を通して回帰的にくり返し引き起こされるところの身体、もしくは心の情緒的反応といったものである。その情の持つ力を必要とするのはそれが生の本質でもあるからだということは述べたが、さらに付け加えるなら、それが「記憶」に関わるからだと思われる。

川島秀一は「記念碑」と「供養碑」の違いを、「話す」と「語る」の違いとして述べている（『津波のまちに生きて』二〇一二）。「語る」すなわちカタリとは、例えばシャーマンによる死者のカタリ「死口」も入る。生者はこのカタリに死者の情念のまざまざと立ち上がる様を体験することになるのだ。そして、川島は、供養とは「直線的な時間だけではなく、年中行事や年忌のように、回帰的な時間の中で行われる」としている。カタリは、回帰的時間の中でくり返されるものでもあるということだ。ある意味では、死者は、カタリを通して回帰的に現れ、忘却という直接的時間に逆らって、この世にくり返し刻印されるということではないだろうか。これは、死者に対する記憶の一つの方法だとも言えよう。

慰霊における「うた」とそこで喚起される情の働きとは、カタリのように回帰的にくり返されるものであり、それは死者への記憶の方法でもある、と言えないか。

西村明は、原爆犠牲者の遺族によって編まれた短歌集『わすれな草』について、定型の短歌は、日常に用いる言語ではすくい取ることの出来ない「二人称の死に対する不定形で不安定な心情」「不定形だからこそどこに噴出するか分からない激情」に一つの方向性を与えると述べる。そして、その個別的な想いを型へ抽入することが「シズメ」の作用なのだと言う（『戦後日本と戦争死者慰霊』）。

確かに「海ゆかば」に「シズメ」の作用はある。慰霊における「うた」の働きとは、このシズメを通して、死者への情を穏やかに受け入れ、それを記憶として刻む行為であるとも言えよう。が、それにつけ加えるなら、「不定形だからこそどこに噴出するか分からない激情」を喚起させるのもまた「うた」ではないだろうか。

最初に現れる「不定形だからこそどこに噴出するか分からない激情」はすでに抑圧を受けている。従って、回帰的に現れるその情念は、定型の「うた」によって喚起されるものでもあるのだ。同時にそれは一定の方向を与えられ穏やかにシズメられていくのである。

これは何を意味するのか。異常死に対する衝撃によって引き起こされる激しい情念を、何度も慰霊を行いその情念の鎮魂をくり返すことで、やがて死者との安定した関係に落ち着く、という言わば忘却を前提にした直線的時間軸で理解するべきではないということである。むしろ、忘却に向かって流れる時間に逆らうように、回帰的に死者への情念が喚起されシズメられることがくり返される。そう理解すべきである。それは、時が経てば辛いことは忘れていくように生きている私たちにとって、異常死の死者を生んだ出来事を、さらにはその死者の情念を、記憶にとどめるための重要な方法なのでもある。

戦争や災害のカタリが、強い情を喚起させるようにことさら悲惨さを強調するのは、忘却していく時間の上にある世間に対する記憶の刻み方であろう。「うた」は、その定型の機能そのものが記憶の機能を果たす。定型は、個別的に現れる情を、共感の共同性へと昇華させる力を持つからだ。そのためには「うた」において情は強く喚起されなければならないのである。

社会秩序は死者への情を断ち切る、もしくはそれを忘却する時間の側で構築されると述べた。とすれば、慰霊祭における公（社会秩序を構築する側）の位置づけはどうなるのか。慰霊祭は公によって行われるからだ。

五　国家と情

日清・日露戦争後に各地で戦死者の霊を祀る招魂碑を建てる請願があいついだが、当時の内務省はそれらの招魂碑に参拝をするなどの宗教的な意味合いを持つものについてはことごとく不許可にしたという。申請者側は、哀悼・慰霊の意味合いを抑え、国家への功労者に対する永遠の顕彰であり、哀悼・慰霊でなく記念であると意味づけを変えることで申請し始め、次第に許可されるようになった（粟津健太「地域における戦没者碑の成立と展開」二〇一三）。

このことは、個別的な慰霊や特定の宗教による慰霊に国家が関わることはふさわしくないという判断なのであろう。が、別な見方をすれば、宗教的色彩の強い慰霊を公が拒否するのは、死者への情を断ち切り新しい生を営む直線的時間の側に公が立つからだ、ということだとも思われる。戦死者をただ慰霊するのではなく、公の未来に位置づけようとする記念碑を公が推奨するのもそういった理由であろう。

だが、国民は、戦死者を顕彰し記念する公の論理に従いながらも、戦死者への情をかきたてざるを得ない。そして公はそれを受け入れるしかない。公が管理する実際の慰霊祭は、そのように、直線的な時間の側に立つ公の論理とそれと関係なく回帰的に戦死者への情をかきたてる人々の思いとが混在していた、ということではなかったか。

一方で、公としての国家は情を利用し、国民をある感情のもとに一体化させようとする。つまり、国家のために犠牲になった死者への情念を、ナショナリズムの如き感情へと意味づけるのもまた公である。この場合、死者への情念は、公である国家に回収されてしまうものとみなせる。鹿児島知覧にある特攻平和会館に行ったことがあるが、確かにそこに展示されている特攻隊の家族へ宛てた手紙を読むと涙が出てくる。ただ、それらの展示が喚起する情に正直戸惑った。この情をどう意味づけたら良いのか戸惑ったのである。

ナショナリズムの側に回収したくはないし、かといって反戦の側で意味づけてしまうのもためらわれる。一方で、この情は意味づけを強要しているようにも思えた。平和のためにと曖昧に位置づければ、現在、ほぼ国家に回収されるシステムの中にこれらの特攻隊員の手紙は置かれている。何故なら特攻隊は国家のために戦ったものであり、その顕彰を目的としてこれらの手紙は展示されているという面を見逃せないからである。国家は国家のために死ぬことを顕彰せざるを得ない。そうでなければ戦死者を出さざるを得ない軍隊を持つ国家の意義そのものが揺らぐからである。靖国神社で流される遺族の涙が、国家に回収される仕組みの中にあるというのはそういうことである。国家は、戦死者の霊に対し、平和や慰霊への意味づけを表向きに述べたとしても、国家の性質上、実質は、将来生まれるであろう戦死者に備えての顕彰や美化なのである。

戦死者への慰霊における情が、そのように国家に意味づけられたとしても、情そのものに責任があるわけではない。喚起される情は結局意味づけられなければこの世の私たちの記憶にとどまれないのもまた確かなのであり、その意味づけを担うのは、公なのだ。何故なら、その情を喚起させた死者たちの無念さ（あえて無念さと呼んでおきたい。誰も喜んで特攻に志願したのではないからだ）を作りだしたのは公だからである。とすれば、公の一員でありながらまたそうでもない私たちにとって、この意味づけにどう向き合うかが問われることになろう。私が特攻隊員の手紙に情をかきたてられ戸惑ったのは、その向き合い方に戸惑ったということである。

公は、確かに情を意味づけ利用する。だが、情そのものが公的な目的のために振る舞うわけではない。ナショナリズムのようなイデオロギーと情は違う。情そのものはイデオロギーではない。社会の将来をある理念で彩ろうとするのがイデオロギーであり、そこには確かな直線的時間の観念がある。が、ここで言う情は、回帰的にくり返し現れる身体もしくは心の反応であって、それは常に現在的であり、未来を指向しない。その意味で、人々を持続的に拘束するまでの力を持たないのである。その情の持っている、深さ、あるいはとらえどころのなさを理解せず安易にイデオロギーに重ねたり、あるいは、その情を非理性的なものとして退ければ、情を不可避とする慰霊そのものをもとらえそこなうことになろう。

「海ゆかば」は戦争を遂行している国家のイデオロギーとして振る舞ったわけではない。国家も「海ゆかば」をそれほど情を発動させる「うた」とは思っていなかった。ところが違ったのである。「海ゆかば」は公つまり国家の思惑と違って、死者への情念をかき立てる歌として多くの国民に歌われた。公はそれを追認し管理しようとした、ということであろう。「海ゆかば」の不幸は、前半の「海ゆかば水漬く屍／山ゆかば草むす屍」の詞が回帰的に情を喚起させる働きであったのに対して、後半の「大君の辺にこそ死なめ／かえりみはせじ」が、公の側に回収されやすい強い意味作用を持っていたことだ。その意味ではこの歌は公的な場で歌われやすいものとなった。だが、実際に歌われる場では、死者への情を忘却する時間に抗して、死者への情を何度でもくり返し喚起し、死者の記憶を刻もうとする「うた」であったのである。

それは、情を直線的な時間のうえで公の秩序に回収しようとする働きへの抵抗だとも言える。そのように考えれば、情は、公に意味づけられることを不可避としながらも、同時にそれに抵抗するものでもあったのである。

参照文献

山折哲雄『これを語りて日本人を戦慄せしめよ』新潮選書　二〇一四年
丸山隆司『海ゆかば―万葉と近代―』４９１アヴァン札幌　二〇一一年
西村明『戦後日本と戦争死者慰霊』有志舎　二〇〇六年
多田一臣『大伴家持』至文堂　一九九四年
遠藤耕太郎『古代の歌』瑞木書房　二〇〇九年
上野誠『万葉挽歌のこころ』新潮選書　二〇一二年
小此木啓吾『対象喪失』中公新書　一九七九年
川島秀一『津波のまちに生きて』冨山房インターナショナル　二〇一二年
粟津健太「地域における戦没者碑の成立と展開」村上興匡・西村明編『慰霊の系譜』森話社所収　二〇一三年

第七章　短歌論

喩の解放性

福島泰樹歌集『青天』は塚本邦雄と小笠原賢二に捧げた追悼歌集である。「弔辞」と「増毛純情」という文章がとてもいい。小笠原氏とは、一度親しく酒を飲んだ機会があり、彼が癌だと聞いたときには少なからずショックであった。

塚本邦雄の追悼文である「弔辞」には、塚本邦雄の歌を読んだときの福島泰樹の驚きが率直に述べられている。

> 短歌をもって、これだけのことを歌いえた人がかつてあったか。しかも、この人が創出したこの文体は、情感を抒情にたくすためのそれではない。それは芸術といい、思想と呼ぶべき世界のものなのである。そう、定型という器に盛るべき、まさにその内容が、その内実が、文体に変革をもたらせたのだ。反逆の詩型としての文体を創造せしめたのだ。

確かに、塚本邦雄は短歌の文体に変革をもたらした。それは、福島のみならず多くの文学を志すものに衝撃を与えた。歌人を志す者にとどまらない、という点に塚本邦雄の功績はあった。その理由を一つ語るなら、喩の凄さを知らしめた、ということにあろう。「日本脱出したし　皇帝ペンギンも皇帝ペンギン飼育係も」「少女死するまで炎天の縄跳びのみづからの圓駈け抜けられぬ」これらの有名な歌における喩の力は圧倒的だ。溢れるほどのメッセージ性と、しかも、ストレートな物言いの出来ぬ屈折した姿勢とを、喩という修辞によってこんなに表現できることに、誰もが驚いたのだ。

塚本邦雄についてはたくさんのことが書かれていて、ここで改めて何かを言うのも気が引けるのだが、この喩についてだけ触れてみたい。

喩という修辞は、線状的に意味を構築する文体への一種の抵抗であり、その意味では、文体に縛られてしまう表現を解放する。が、喩の解放性をこんなにも効果的に凝縮させたのは、短歌という詩形にあってこそだ、ということを塚本邦雄は知らしめた。

もともと短歌は短い字数の中に意味を凝縮する性質上喩を生命とするところがある。が、こんなにも喩が輝くのは、短歌が自閉的な詩形であることにかかわっていよう。自閉的というのは、意味による普遍的な観念の共有より前に、情感とも言うべき感情の内面の共有が優先されることだ。意味は思想を構築し一人の存在を普遍的な存在へと開いていくが、短歌の抒情は、一人の身体の内奥へと閉じる形で他者と共鳴しあう世界を作る。だから、短歌で思想を語るには似合わない。が、そういう情感の共有という制度をいわば解放してきたのが喩であるはずで、塚本邦雄はこの喩の力を過剰化させることで、その解放性に豊かなメッセージ性を込めることが出来たのだ。言い換えれば、短歌という自閉的な詩形にあってこそ、その対極の解放する力を際だたせることができた。それは、戦後日本の、絶望と解放への欲求とに引き裂かれた状況とよく似た構図だった。喩の持つ解放性と、喩という方法を通してしかメッセージを伝えられない自閉性との鮮やかな距離感を、人々は我が如く受け入れたのだ。

『雁』六十一号に渡辺松男の歌が「特別作品」として一〇八首掲載されている。題は「自転車の籠の豚」というものだ。評判になっていたので読んでみたらなかなか面白かった。タイトルの歌は

小豚よく洗いて自転車の籠に乗せゆっくり走る菜の花の路

というもの。シュールというほどではないが、読んでいて楽しい。印象は、塚本邦雄の歌からメッセージ性を抜き取って少しゆるくしたらこんなになるかなあ、というものだった。

東京タワーほど大股に歩くとき積み木のような東京楽し
結球は東京ドームとなりキャベツなりわが頭なり爆発なり
夕陽巨大　せっぱつまりて木にあまた赤い消防自動車実る
松の木に松の隠れて松林すべての木を見る位置なき看守
しめりたる土にぷつぷつ刺す傘の何一つ大事なことはわからぬ
まわりつつ静止しているわが業は二百年来絵の中の独楽

喩の解放性がとても効果的でうまいと思う。おおらかな歌風は、短歌の文体をたわめていないからだ。四首目の「松の木」の歌など、メッセージ性がないとも言えない。ただ言えることは、塚本邦雄

が引き裂かれたような、自閉性と解放へのアンビィバレンツがないということだ。むろん、自閉性がないわけではない。これらの歌はみんな自閉的な位置から歌われている。ところが、その閉じられ方が鬱屈になってはいない。だから、喩は一見シュールな意味を紡ぐが、状況を切り裂くような鋭さはない。むしろ、おかしみとしてこれらの歌を彩る。「東京タワー」の歌も「結球」の歌も、喩をやや肥大させ、意味の暴走をとてもゆったりと楽しんでいる。俳諧的といったらいいか。私の言い方で言えば、ローポジションでハイテンションなはずの短歌が、ちょっとハイポジションでちょっとローテンションなのだ。

作者の年齢は分からないが若者ではないだろう。冒頭を飾る一首は次のようなものだ。

とうきょうに泳ぎにでたりてんのうに教えられたとおりに生きのびながら

歌の前に（看守の立場を思わないではない）とある。塚本邦雄は天皇を「皇帝ペンギン」に、国民を「皇帝ペンギン飼育係」に喩えたが、「とうきょうに」の歌がもしそのような喩をどこかで意識していたとするなら、そこにはかなりの時の経過がある。「飼育係」が「看守」になったのかどうか。天皇は何を教えたのか。興味をそそられる比較ではあるが、言えることは、ここにはそれほどの風刺も絶望もないということだ。塚本邦雄の時代を覆った「平和に酷似せる日々」という状況がそのまま続いてはいるにもかかわらず、そのことへの苛立を私たちは持っていない。むろん、それを怒り悲しむことは簡単だが、喩の力で状況を切り裂いた後、どうしたらいいの？　というところまで私たちは来てしまっている。言い換えれば「恋と革命」以降の無惨さを見てしまったのだと思っている。

こういう時代に解放されることの一つの典型を、渡辺松男の歌はよくあらわしていよう。

短歌の読み方

私が短歌について文章を書く一つの理由は、短歌という詩形の不思議さに惹かれているということがある。その不思議さとは、例えば、ことばが枠取られることで詩になるというようなこと、そして、短歌と「情」の抜きがたい関係などである。

短詩における定型とは枠取りであると理解した方がいいだろう。定型は一定の音数律に従ってことばの量が決まるが、必ずしもその音数律が厳密に守られているというわけでもない。ただ、総量規制としての枠取りだけは、機能している。字足らず、字余りの短歌は多いが、音数が倍になったりする短歌などというものはない。それはもう短歌ではなくなるからである。

私はアジアの歌掛け文化を調査して回っているのだが、そこでわかったこととしては、この総量規制としての枠取りが歌の掛け合いにおいて重要な役割を果たしているということである。掛け合いは即興であるから、音数は決まっていた方がいいし、全体として短い方がいい（例外的に長い音数の掛け合いもあることはある）。メロディも共通していないと掛け合いは困難である。そして言語が共通であること。これは、日本では考えられないことだが、多民族が共存するアジアでは案外に重要なことである。

一方定型とは受容器のようなものであり、その受容器に投げ込まれた言葉を詩の言葉に変換する錬金術のような力がある。言葉の詩的修飾にそれほどの力量がなくても短歌は詩的な言葉を確保してくれるということである。その意味では、詩的に表現したか否かといった詩的表現へのハードルはそんなに高くはない。日常の出来事や心象を描く短歌が多いのは、作者の詩的修飾を定型そのものがあらかじめ担保してくれているからである。

以上のような、短歌の特徴はこれまでも何度か書いて来たことなのでここでは繰り返さないが、ここでこだわっておきたいのは、「地上的」であるということである。

私はかつて短歌を「ローポジションのハイテンション」詩形だと定義したことがある。この定義はあまり広がらなかったが、この定義で言いたかったことは、短歌が抒情詩としての表現にすぐれる一方で、思想や叙事的な物語を表現するには限界がある詩形であるということである。当たり前の指摘ではあるが、しかし、そのことは必ずしも、短歌が思想を表現することに適していないということを意味しない。この点については、もっと強調してもよかったのではないかと思っている。

短歌は現在的な時間における生の表象を切り取るという表現の仕方をしてきた。過去から未来への時間を超越的な位置から構成し叙述していく表現には適さない。

「地上的」というのは、超越的な位置からではなく、私たちが生活しているところのその現在的な時間・場所における生の表象を切り取る表現のアナロジカルな言い方である。生活者の視点、あるいは生活を題材にする視点ととられやすいが、必ずしもそうではない。生活という言葉を使うなら、生活の細部に潜む異和への気づきであって、とりあえずは、その異和を現在の私たちの生の揺動として切り取り、深遠な世界を引き寄せる詩の表現へと変換させることである。ただ、その揺動は情の動きのなかで感知されるので、生活の細部に潜む異和は、「悲しみ」のような心の揺れ動き（情）のなかでとらえられることになる。

「地上的」だから、例えば社会的・政治的な題材が扱えないということではない。ただ政治や社会的テーマを、作者の現在的な表象、例えば情などによって切り取る場合、どうしても、テーマを考えさせる前に、そのテーマについての作者の情を詩の表象として強く出さざるを得ない。が、作者の情を表現までの過程に抱え込むからこそ、その情の共感によって社会的テーマは他者の心を打つ。時枝誠記の「言語過程説」に倣って言えば「短歌表現過程説」とでも言えようか。短歌にあって情はたんに共感を誘う感情の謂いではない。発信者における世界の切り取りから詩のことばへと昇華されるその過程の実質であって、その実質を、受け手は、詩のことばの生命力のような何かとして感受する、と言ったらおおげさだろうが、とにかくたんなる感情の高ぶりではない、発信者の存在そのものを伝える何かとして機能する。従って、短歌を読む場合、その情の部分を読まないとうまく読めないということになる。が、情を読むのは案外に難しい。意味としての客観性があるわけではないから、どうしてもその情への共感力が問われてしまうのである。

私は、その情を、作者の、表現に賭けた切実さによって生成するものとみなしている。ただ問題は、その切実さは、短歌の表現において一様なあらわれ方をしないということである。意味の上にあらわれる場合もあれば、文体にあらわれる場合もあれば、修辞にあらわれる場合もある。が、そのあらわれ方がうまく摑めなかったとしても、共感出来さえすれば何とか読みようはある。例えば前回の時評で取り上げた髙坂明良の歌を読んでみる。

眼を瞑り眼を開け生きることに生く蝶の翅の閉じ開き見ゆ
明日からは鳥となるらん星なるらん風に咽びて風になるらん
群衆にダイヴしたまま息継ぎを忘れてぼくは魚になろう
どこからか声押し殺して泣いている方位乱れる僕らの樹海
ぼろぼろとはどういうことだ人間は雑巾ではない冗談ではない

私はこれらの歌の修辞に作者の切実さがよくあらわれていると読んだ。特に、初めの二首の繰り返しの表現にそれを認めたが、ただ、こう読むには説明が必要だ。修辞が切実さを直接あらわしているということではない。表現への生成過程において修辞が切実なほど歌（歌い手）の存在を主張している、というようなことを感じたということである。ここまで読むと、読む側もほとんど歌の中に入り込んで、説明の言葉を模索せざるを得なくなる。歌の評の難しいところである。

その意味で言えば後の三首はわかりやすい歌である。意味としても切実さが伝わってくるし、三首目の「群衆にダイヴしたまま～」の歌の比喩はとても効果的だ。が、この歌は、その前の二首にくらべて「歌う」ことにおいて劣っている。

ここでいう「歌う」とは、作者の切実なところから響くリズムと言えばよいか。意味に収斂せず、意味を深いところから規制する。つまり切実さがリズムの側にある。が、三首目は、その切実さは比喩として表現された意味の側にある。だから、前の二首は三首目にくらべて共感しにくいところがあるが、共感してしまえば共感の度合いは深くなるのである。前二首にはその繰り返しの修辞としてのリズムに「情」があらわれている、と私は読む。この読み方はかなり自己流だとは思うが、読みにおいてそれほど外れてはいないと思っている。

短歌の虚構性と「歌物語」

最近、短歌における一人称主体である「私」の虚構性が話題になっている。少しこの問題に首を突っ込んでみたのだが（「ローカルなものとしての短歌論」『短歌往来』六月号）、この問題について、「歌物語」という観点から、もう少し考えてみたい。

「歌物語」というテーマは、古代文学を専門にする私としては、おなじみのものであるので、まずは、物語の定義から。「歌」は短歌とみなして、「物語」はその短歌を含むストーリーと言えば良いか。「物語」の概念はかなり広い。折口信夫は「ものとは霊の義である。霊界の存在が人の口に託して、かたるが故に、ものがたりなのだ」（「大和時代の文学」）と述べる。藤井貞和は、折口の言うような「霊語り」の事例は古代の文献に出てこない。事例的には気晴らしをする談話というような意味で出てくる。それがどうして文学を意味する「物語」になったのか。折口の説も無視は出来ないと言い「人間的な行動のうちで他者をかかえこんで成立する在り方を示す叙述のすべて」（『物語理論講義』）と定義する。

さて、私は、藤井貞和に倣って、物語とは「他者との出逢いによって生じる異常な事態の叙述」でいいだろうと思っているが、より具体化すれば「異界とこの世とが交錯した異常な状態を正常に戻していくプロセス」ということになろうか。神話などの物語はみなこのパターンである。典型的なのはイザナキとイザナミの「黄泉国訪問神話」である。最愛の妻を失ったイザナキは妻に会いに黄泉国に赴く。が、その腐敗した姿に驚いて逃げ出す。境界である黄泉比良坂でこの世に帰還するという物語である。生者であるイザナキと死者であるイザナミが共に共存できる時空が物語空間であり、そこからの帰還、つまり、両者が交じり合えない世界への帰還によって物語は終わる。

大塚英志は「行って帰る」が物語の基本中の基本であると、瀬田貞二（『指輪物語』の訳者）を引用して物語を簡潔に定義する（『ストーリーメーカー』）。「行って帰る」は、プロップの『昔話の形態学』における魔法昔話の構造分析を踏まえたものであるが、物語の定義では、これが一番シンプルで分かりやすい。

物語とは、出発し、そして帰って来るまでの出来事ということになるが、そこには、時間の経過もしくは空間的移動がある。出来事の中身は、他者との遭遇ということになるが、その遭遇の目的は、たいていの場合「欠損の対象」を回復する、ということになる。出発する動機が「欠損」を埋めるためであるからだ。他者とは、神のことであっても、異性でも、悪人でも、自分でもよい。無限に入れ替え可能である。欠損の対象を手に入れて帰還すれば、物語は終わるということになる。

実際の物語は、この基本的な構造通りにはいかないものだが、そうであったとしても、「行って帰る」式の空間や時間の膨らみの構造に還元できるものとして、本来物語はある。

短歌の表現はこのような構造、「行って帰る」式の経過もしくは移動を持たない。そこが物語と違う。むろん、短歌もまた「人間的な行動のうちで他者をかかえこんで成立する在り方を示す叙述」に入るだろうし「他者との出逢いによって生じる異常な事態の叙述」でもあろうが、時間という概念を当て嵌めれば、現在的であって、過去から現在への厚みのある時間を描くに適していない。

古代の記紀や平安時代の物語において、歌は物語の中にあって、例えば童謡（わざうた）のような神意のあらわれや、登場人物たちの心情を表現するものとして機能した。一方、万葉集でも、個々の歌に、その歌の成り立ちやあるいは背景としての説明が付与される場合があった。また歌にまつわる説話なども登場する。それらの散文的な叙述と歌との複合したものを「歌物語」と言うのだが、文学史的な説明はそれくらいにしておくとして、もう少し、両者の違いにこだわってみたい。

歌は心情を強く表出する。が、散文であっても心情が表出出来ないわけではない。それでも、散文にあえて歌を取り入れるのは、歌の様式性もしくはその歌のスタイルにかかわる表出効果が、散文のみでは出せないからだ。

それを虚構の共有の仕方の違いとして考えてみたい。物語も歌（短歌）も、言語によって仮構された〈作品〉である以上、そこで描かれた世界は、事実のようであったとしてもそれは装われたものである。その意味では、歌も物語も虚構であることに変わりはないのだが、物語にくらべて、歌の場合は虚構のあり方が違うように見える。

それは人称の問題と関わっていよう。物語における語り手は、一人称でも三人称でも成立するが、歌の場合はそうはいかない。短歌における表現上の主体は一人称が普通であって、例えば、ある物語の中の登場人物がその心情を歌（短歌）によって披露する場合、その歌はその登場人物の一人称としてうたわれる。そのとき、読み手は、物語の虚構空間の中に披露される歌を、その虚構空間の中の人物の現実的な心情として受け止めることになる。その物語空間がリアルなものであろうと荒唐無稽なものであろうと、一人称で披露される歌の心情表出は、共感し得る現実として受けとめ可能だということだ。別の言い方をすれば、その一人称による心情表出の共感的受容に際して、その一人称が属す物語空間の虚構の度合いを問うことはない。何故なら、その物語空間が、現実に近かろうが遠かろうが、そこでの心情表出のリアリティは影響を受けないと考えるからだ。

つまりこういうことだ。舞台がどのような場であろうと、そこに登場する者が人間的な感情を持つ限り、そこで発現する感情自体はそれほど変わることはない、という共通理解がある、ということである。その人間的感情の発現自体を一人称主体の表現として自立させているのが歌表現ということになる。

ここで、古事記における、女鳥王と速総別王の反逆の物語を例に考えてみよう。仁徳天皇は、女鳥王を見初め、天皇の弟速総別王に仲立ちを頼む。ところが、速総別王は女鳥王を気に入り通じてしまう。そのことを知った仁徳天皇は軍を起こして二人を殺そうとする。

ここに速総別王、女鳥王、共に逃げ退きて、倉椅山に騰りき。ここに速総別王うたひたまひしく。
梯立ての　倉椅山を　嶮しみと　岩かきかねて　我が手取らすも
とうたひたまひき。またうたひたまひしく。
梯立ての　倉椅山は　嶮しけど　妹と登れば　嶮しくもあらず
とうたひたまひき。故、其地より逃げ亡せて、宇陀の蘇邇に到りし時、御軍追ひ到りて殺しき。

天皇の軍に追いつめられ死を意識した二人の愛情表現が見事にあらわれている。が、この歌は、民謡もしくは歌垣などで人口に膾炙した歌が挿入されたものであろうとする解釈が通説となっている。おそらくはそんなところであろう。

つまり、この歌に描かれる心情は、険しい山道を行く相手を思いやる愛情表現であって、その愛情表現さえ担保されていれば、その険しい山道を行く理由はどのようにも変えうる、ということである。そのことは、すでに述べたように、どのような場面であれそこでの人間感情に差異はないという理解によって成り立っている。が、それなら何故会話ではなく歌なのかという問いに戻るのだが、それは、歌における一人称主体の表出が、物語の中の人物の心情描写における一人称表出ではあらわし得ない何かをあらわし得ているからだ。

どういうことかと言えば、歌における主体は一人称をとるが、実際は、曖昧な主体であり、言わば共同体的な主体とみなすことも可能だ。この物語における「梯立ての倉椅山を嶮しみと岩かきかねて我が手取らすも」の歌は、速総別王の一人称歌だが、前半の「梯立ての倉椅山を嶮しみと」は、主体は共同体の側にあると見るべきであろう。「倉椅山」は物語上ではたまたま追いつめられた場所に過ぎないかも知れないが、歌の上では、共同体によって選ばれた、二人に取って特別な場所(例えば神聖な場所)であることを印象づける。その意味で、この景の表現は共同体が主体になっているのであり、その共同体的位置から一人称の人間的主体へと転換していくのである。そのことによって、読み手は、この歌の一人称主体はその歌の共同体的主体によって選ばれた人物である、という印象を与えられることになる。それはまさに歌という様式のなせるわざとも言える。

人間の心情は、実は、それ自体取り出して歌という様式によって表現されると、個人を超えた主体の表象になり得る、ということである。ここに、歌であえて表出することの意味があるのだと言えるだろう。

物語の中に歌がある理由を以上のように考えられれば、一人称主体による歌の表現は、その歌が属す物語上の虚構に余り影響されずにその表出上の価値を担保し得る、ということが理解されるだろう。だとすれば、そのことを逆手にとって、歌い手が、一人称的主体にまつわる物語を自在に作為する、ということも出来てしまうということである。それを意図的に試みたのが寺山修司である。

が、ここで強調しておきたいことは、一人称主体における歌の背後の虚構の物語がどうであれ、その歌の表出からは、その虚構のキャラクターには回収されない、ある人間の心情を深く共感し得るのであって、その歌の持つ力こそ、例えば、人間というものを掴み得ない現在の虚構（物語）の氾濫のなかで、一筋の光明かも知れないということである。

短歌の「わかる」「わからない」ということ

平成二十九年版の角川短歌年鑑が出たので読んでみたが、「回顧と展望」の高野公彦「『故意の言い落とし』に困惑する読者の独り言」が面白かった。ここで高野は最近のよくわからない（意味の取りにくい）歌を取り上げ、「意味を形成するための必要条件を満たしていない」短歌に苦言を呈している。それは、知り合い同士の会話みたいに勝手に「故意の言い落とし」があるからで、そこに近年の歌のわかりにくさの一因があり、短詩形である歌はある程度「言い落とし」を必要とするが不用意な「言い落とし」は歌の欠点となる、と述べている。

歌の意味が「わかる」「わからない」といったことへの高野公彦のこだわりになるほどと思ったが、一方で改めて歌が「わかる」ということはどういうことか考えさせられた。

高野がわからない歌として取り上げた歌は次のような歌である。

神様と契約をするこのようにほのあたたかい鯛焼きを裂き　　服部真理子

この歌について「神様」と何を契約したか不明である、とまずそのわからなさが指摘される。「神様」が契約の対象になることが理解しがたいという批判も紹介されている。

確かに作者のこの歌における意図を正確に読み解こうとすればよくわからない歌になる。が、私などはこの歌は面白い歌だなと思う。むろん、高野は歌のわかる・わからないを問題にしているのであって、歌の面白さ、つまりその文学的評価そのものを問題にしているわけではない。ただ、不用意な「言い落とし」は欠点であると言っているので、当然それは歌の表現そのものへの評価に結びつくものとして述べてはいるようだ。

作者の意図はよくわからないとしても読者の想像によってこの歌の面白さを読み解くことは出来る。ほのあたたかい鯛焼きを裂くことを、ちょっとした呪術のような行為に見立て、鯛焼きの犠牲と引き換えに、「神様今の自分を満たす欠乏感を埋め合わせてください」と願った、というふうに。恐らく契約の内容はこの歌では大して重要ではないのだ。「鯛焼きを裂く」という行為と神様との契約が、飛躍があるとしても意味として繋げるところに作者の意図があるのだろう。鯛焼きを食べるときのちょっとした行為に、神様との取引をふと試みてしまう、そういう何気ない行為が、作者の生の何らかの比喩になっている。ちなみに神と契約する、という観念は、アニミズム的な呪術宗教的世界ではおかしなことではない。特に現世利益的な神へ祈願する場合、お布施をあげてもそれに見合う利益がなければ、別の神を探すということは普通である。

以上は一読者の自由な読みであって、作者の意図を斟酌しての読みではない。詩の読みは、読者の自由に委ねられるところもあるはずであり、その自由を駆使した読みである。ただ、詩の表現としての達成度がそのような自由さを促すという面もある。つまり、意味が取りにくくてもそれが気にならないほどに自由に解釈したくなる水準の表現になっているかどうか、ということがそこで問われるということである。私は、この歌は、そのような水準にあると思って自由に解釈したということになる。

短歌という詩の鑑賞の問題にまでことを大きくするならば、意味としてわかるということと、詩的表現としてわかる、ということとは必ずしも一致しないということ、そこを問題にせざるを得なくなる。

この場合のわかるとはどういうことか。私はＴＢＳの「プレバト」という番組の俳句コーナーをよく観るのだが、俳句には素人の芸能人が一枚の写真を見てそこから季語を入れた俳句を作り、プロの俳人がそれを批評するというコーナーである。こっぴどくけなされるときのやりとりが面白いのだが、よく批判されるケースに、写真を見ていない人にはこの俳句の言っていることはわからない、というのがある。つまり、写真の情報を誰もが知っているものとみなし、その情報を「言い落とし」て主観的な状況のみを表現した句を作ってしまうことが多いのである。当然、その写真を見ていない者には、その主観が属している情景が浮かんでこないので意味が取りにくいということになる。つまり、この場合のわかるということは、その表現を構成する像や状況について、読み手がある程度共通に理解出来るような基本的情報を伝えているかどうか、ということになる。高野公彦が言う「わかる」ということもこのような意味合いであろう。

一方、詩的表現としてわかる、ということは、吉本隆明の言う「自己表出」性があるかどうかということになろうか。意味としてよくわからなくても、表現の価値と言えるような伝わる何かがある、と思わせればそこに「自己表出」性はあるということである。混沌とした何かを伝えたくて「言い落とし」もしくは意味の混乱を意図的に演出するという場合もあるだろう。意味としてわからなくても「自己表出」は担保できる、ということである。むろん、それが詩的表現としての水準を確保出来ているかどうかが最後に問われるということになるが。

「わかる・わからない」を文学的評価にかかわらせて整理するなら以上のようなことになろう。が、ここで、別の視点から「わかる・わからない」を考えてみたい。私の専門は万葉集であるが、短歌の発生について時折論じることがある。短歌が「わかる・わからない」を短歌という詩形の発生の問題から考えてみよう。

短詩形の古い形式に、前半に自然の景物を表現し、後半に男女の恋や心情をあらわす人事表現を持ってくる様式がある。万葉集では、例えば、前半に自然の景物を描写しその表現を序詞として後半の心情表現を引き出す「寄物陳思」がそうだが、この場合、前半と後半とは隠喩（暗喩）の関係となる。

この序詞形式について吉本隆明は『初期歌謡論』で「上句に客観的な叙景や叙事の流れをおき、下句におなじ構造をもった叙心の流れを、くりかえして二重にそえる形式」を持つ最初期の短歌謡、それは前半と後半の応答といった掛け合い形式であったが、それが一人の作者によって作られるようになったときに、前句の句と後句の句の融合による安定した形式として成立したと述べている。

例えば

あめつつ　千鳥ま鵐（しとと）　何（な）ど開（さ）ける利目（とめ）
嬢子に　直に逢はむと　我が開ける利目
古事記歌謡一七

この歌謡は前半と後半が応答形式の掛け合いになっていると考えられ、前半と後半は、叙事と人事の叙述の同じ構造のくりかえしである。それが一人の作者による短歌形式になると

伎倍人のまだら衾に綿さはだ入りなましもの妹が小床に　（巻十四・三三五四）

と、序詞形式の短歌になる。「伎倍の人の使う斑模様に染めた夜具に真綿がたっぷり入っている」という前半の句から「そのように、私も入り込みたかったのに。あの子のいとしい寝床に」と後半を導く。「寄物陳思」形式における序詞成立の説明は以上の通りであると言えるが、ここでこだわりたいのは、詩的な意味の成立である。記歌謡の前半と後半の応答は確かに並べてみれば同じ意味のくり返しであり、そのくり返しを通して前半と後半が合わさって一つの意味が成立する。つまり「わかった」歌になる。その「わかった」は、意味として通った、ということだが、同時に歌の面白さがそこに立ち現れた、ということをも意味する。

つまりこういうことだ。前半の「あめつつ　千鳥ま鵐　何ど開ける利目」が歌われたとき、この句自体はたいした意味を持っていないとしても、この句に別の意味の句を重ねようとしたとたん、多様な読み取り方が出来る表現として享受されたはずだ。そこで誰かがとりあえず「嬢子に　直に逢はむと　我が裂ける利目」と合わせた。結果として、両句は意味としての連関性があるように後から解釈もしくは整理された。が、掛け合いの場合、たいてい即興の応答であるから、後半の句は前半の句を「わかった」ものとして続けられたものではなく、思い浮かんだ言葉をくりかえしの様式のなか

にただ放り込んだに過ぎないだろう。その結果として、両句ともくりかえしの様式の力によって相互の意味が関連づけられる。

並べられ関連づけられることで生まれる意味の連関を喩と呼ぶ。この場合の喩とは、異なった意味の言葉を並べて「わかる」という了解の仕方を作ることだ。だが、そのことは同時に「わからなさ」の了解を作ることなのでもある。

例えば「寄物陳思」の万葉の歌「三三五四」の場合、「伎倍の人の使う斑模様に染めた夜具に真綿がたっぷり入っている」という前半が「そのように、私も入り込みたかったのに。あの子のいとしい寝床に」とつなげられることで一応「わかった」歌ということになる。だが、前半の「綿のたっぷり入った斑模様の夜具」は、あの娘の寝床に入りたいといった心情を表す表現として理解してしまっていいのだろうか。それで本当に「わかった」表現になったのであろうか。むしろ逆であって、後半の表現に喩としてやや強引につなげられることで「綿のたっぷり入った斑模様の夜具」は、本当はもっと多義的に存在していたのに、その多くの可能性もしくは真に読みとってもらいたい可能性が一つの解釈の仕組み(喩)によって封印されてしまうことになる。その結果として、それらの可能性が、逆に、「わからないもの」の気づきとして浮かび上がるのである。

従って、前半に自然の景物、後半に男女の恋や心情表現をつなげる「寄物陳思」の歌は、「わからない」何かを抱え込んだ「わかる」ように整えられた表現ということになり、同時に詩的な意味を持つ表現として成立するということになる。

その意味において、喩のような「わかる」という了解の仕方を作ることは「わからない」何かを作る仕組みなのでもある。「わからないもの」が「わかる」という仕組みの中で表出可能になった表現の発生、それを詩の発生と考えてみたい。

折口信夫は、古事記歌謡「みつみつし〜」を例にあげながら次のように述べている。

昔の人は、大体の気分があるのみで、何を歌はうといふはつきりとした予定が初めからあるのではない。枕詞・序歌は大抵、目前のものを見つめて居る。即、序歌によつて、自分の感情をまとめてくるのである。予定があつて、序歌が出来たと思ふのは誤りである。でたらめの序歌によって、自分の思想をまとめて行つた。即、神の告げと同様である。(『万葉集の解題』)

序詞はその発生において、意味の通らない神の言葉のような、思いつきの「でたらめ」の表象であって、その言葉がやがて意味をなすものとして整えられていくのだと述べている。つまりここでの言い方で言えば「でたらめ」が「わかる」仕組みによって了解されたとき、「でたらめ」は「わかる」仕組みによって「わからない」何かを表出する表現となる、ということだろう。

さて、以上を短くまとめてしまえば、短詩形の初期の形には、「わからなさ」を胚胎する「わかる」仕組みがあった。その仕組みは短詩形における詩の発生を用意したということである。

短歌は、従って、「わかる」のだとしても「わからなさ」への気づきがなければならない詩形だということになる。そのように考えたとき、歌い手は「わからなさ」をどのように気づかせるか、読み手は歌の表現からどのように読み取るかといったことが常に求められる。誰にでもわかる「わからなさ」などない。「わかる」仕組みは一方で「わからなさ」を消してしまう。かといって「わからなさ」を強く押しだそうとすれば「わかる」仕組みそのものが壊れてしまい、「わからなさ」を味わうどころではなくなる。

「わからなさ」を詩的表現として潜在させることはなかなか難しい。「わかる」仕組みを壊さない程度に「わからなさ」をどう伝えるか、苦心するということになろう。その意味では、高野公彦が言う「故意の言い落とし」とは、「わからなさ」を常に追い求める歌人の密かな願望のなせるワザではないか、と思うのである。

短歌はアニミズムを潜在させているか

中沢新一と小澤實の対談本『俳句の海に潜る』（角川書店）で、中沢新一は、俳句はアニミズムの記憶を豊かに抱え込んでいる「アースダイバー」の文芸だと語っている。つまり、俳句から自然やモノに霊を感じる精神性が表現として分かりやすく読み取れるということである。季語という自然に規制され和歌の抒情や心情表現を捨象するその表現には確かにアニミズム的世界観が潜在している、と言えるのかも知れない。

中沢新一は、短歌は人間主体の文芸だから起源は古いとしても俳句ほど「アースダイバー」ではないというが、もともと起源を同じくする短詩形と考えれば当然短歌もアニミズムをかなり抱えこんでいるはずである。

短歌とアニミズムについては以前から何度か短歌誌などで論じられてきたテーマである。今更繰り返すのも気が引けるのだが、万葉集や古代歌謡を専門にしている私としては、何度でも論じたくなるテーマである。実は、最近「アニミズム的修辞」ということを考えている。修辞といっても比喩のことだが、比喩という切り口で、短歌表現におけるアニミズムのあらわれ方について述べてみたい。

中国少数民族ナシ族の歌に「ゼンジュ」という修辞の技法がある。同僚の研究者遠藤耕太郎が研究しているのでそれを紹介すると次のようなものである。ナシ語の表記は省略してある。

（中国語訳）
綬帯鳥的尾長
不見日子長了
鴿子尾圓
一次又団聚

（日本語訳）
サンコウ鳥の鳥の尾が長いように、
長い間お会いしませんでした。
鳩の尾が円いように
今回又仲良くお会いしました。

遠藤はこの歌の修辞法について次のように説明している。

サンコウ鳥はスズメ科の渡り鳥で、繁殖期のオスは体調四五センチの三倍ほどの尾羽を持つ。その尾の長さが比喩となり、しかも同音によって、長い間会わないという主想が導き出される。また鳩の尾の円さが比喩となり、同音によって、円く（円満に）会っているという主想が導き出されている。（「東アジアの序詞的発想法―中国少数民族ナシ族のゼンジュと序詞―」）

この説明によって当然思い起こされるのが万葉集の「あしひきの山鳥の尾のしだり尾の長々し夜をひとりかも寝む」（巻十一・二八〇二）である。自然の景や動植物の表現を前半部に、その前半を比喩としつつあるいは音の連想から後半の主想部へとつなげていく歌の構成は、日本古代の歌の手法としておなじみのものだが、このような寄物陳思の手法は日本古代独特なものではないということがわかるであろう。それはそれとしてここで注目しておきたいのは、前半のいわゆる序詞にあたる部分は自然の景物や動植物を対象としたものが極めて多いということである。

ナシ族の歌の比喩でもやはり自然の景物を対象にしたものが多いという。私が調査している白族(ペー)の歌掛けでも、即興の歌のやりとりの中に喩を挟んでいくが、その喩も自然の景物が多い。例えば次のようなものである。

（1）

（ペー族語の漢字当て字）	（中国語意訳）	（日本語意訳）
江核须利格三弄	两股清水流一处	二本の清水は同じ所に流れ注ぎます。
务子务佣额三仅	鱼儿鱼女也聚首	雄の魚も雌の魚も一緒に集まります。
工梯三逗冷邓务	哥妹重逢老相识	兄と妹は再会して古い付き合いになりました。

（2）

蜂利想花花想蜜	蜜蜂想花快开鲜	蜜蜂は花に早く鮮やかに咲いてもらいたいです。
花利想蜂额采蜜	花想蜜蜂来花间	花は蜜蜂に花叢に飛んでもらいたいです。
侬利想俺俺想侬	你也想我我想你	あなたが私を、私はあなたを思っています。

歌垣における掛け合いで歌われる恋歌の比喩なのでとてもわかりやすい喩になっている。男女の比

喩として（2）のような花と蜜蜂の例もよく出てくる。このように自然の景物を喩として表現していくことがかなり常套的な手法となっているのだが、この手法がアジアの定型詩における一つの典型であることがわかるであろう。この手法は漢詩にも見られる。例えば最も古い漢詩「詩経」にも自然の景物を喩とすることが多い。「東門之墠」（鄭風89）という詩がある。

東門之墠　男「都の東門には広場があるけれど
茹藘在阪　あかね草は坂の上に生えている
其室則邇　住む家は近くに見えるけど
其人甚遠　あの人の心は遠くてつかめぬ」

東門之栗　女「東門にはくりの木もあり
有践家室　その側に家と室とが並んでます
豈不爾思　貴男を思はぬことがありませう
子不我即　ただ貴男が来てくださらぬだけ」

訳は加納喜光『詩経・Ⅰ恋愛詩と動植物のシンボリズム』（二〇〇六）によった。この訳では、男女の贈答の詞とする説がとられており、男女の掛け合い歌という趣になっている。茹藘はアカネのこと。多年草で、他物に絡みつく。従って男女の合体のシンボルとして常用されるという。室は夫婦の換喩。

加納は、男の歌は「手の届かぬ坂の上にいるあかね草（によって象徴される女性）は、ただ眺めるだけで、心を通わす術がない」という意であり、それに対して、一揃いの家と室があると歌い出す女の歌は、一緒に夫婦になろうという謎かけだとする（『詩経・I恋愛詩と動植物のシンボリズム』）。

東門の坂の上に咲くあかね草、そして、東門の栗の木の近くにある家と部屋、という景物から、男女の思いが重ねられる、という、前半の自然の景物と後半の人事の主想との対比の形式を「興」という（「詩経」の詩を分類した六義「風・賦・比・興・雅・頌」による）。

動植物を喩とする手法はすでに「詩経」の時代からあるということであり、その起源はかなり古いということになる。それにしても、何故自然の景物（動植物を含む）が喩として用いられるのか。「詩経」の研究者赤塚忠は、「『詩経』中の興物の草が元来呪物であり、興詞は呪詞から起こるものであることは明らかで、興詞はもと宗教観念を前提とし切烈直接な祈願の情を表すものであったのでこれを根底として呪物観念の移るがごとくいっそう詩的な展開を遂げたもの」と述べている（『詩経研究』）。そして「興」こそは中国の詩の発生の一つのあり様を示し、その系統の詩の基本的な性格を物語っているものだとしている。つまり喩となる自然の景物を呪的なものとみなし、その呪性を詩の修飾的表現として展開していったものが「興」であるということである。「興」はアニミズムに由来する詩の技法だということであろう。

日本の万葉集における詩の技法「寄物陳思」も、ナシ族の「ゼンジュ」も白族の掛け合い歌の喩も、「詩経」における「興」の流れのうえにある詩の修辞であると言えるだろう。そして、現代短歌における修辞もまたそのような流れと無縁ではないはずである。と考えれば、私たちの短歌定型詩は、アニミズムを潜在的に抱え込んで成立した詩形である、という言い方も出来るであろう。

何故自然の景物（動植物を含む）を喩とするのか。身近にあるもの、だからではない。それらが霊的なものであるという認識があったからだ。その霊的なものは言葉で簡単にはあらわし得ない。が、その霊的なものとしての自然の景物に惹かれ、その景物を言葉の上で人間の心や人事と並べる機会を、私たちは原初の時に多く持ったのだ。並べて見ればそこに喩が発生し、わからないがわかる（あるいはわかるがわからない）といった表現の水準が獲得される。私たちは、あらわし得ない何かを表現し感受する方法を獲得したのだ。詩の発生である。

中沢新一は前掲書で、人間の、ロゴスではなく象徴的に世界を把握する能力を「レンマ」的理性と呼び、この「レンマ」を働かせるために言語は「喩」を用いるのだと述べている。この「レンマ」もまたあらわし得ないものを表現し感受する理性のことと解していいだろう。

以上のように考えれば、俳句に対して人間の心を描くとされる短歌も、十分にアニミズムを潜在させているのである。

『震災のうた』（河北新報社編集局編）を読んでいたら次のような四首が並んでいた。

ふるさとの桑の実色の夕暮れの壊れしままに原発灯る
羚羊（かもしか）は名取りの丘に頭を並べ閖上の海見つめておりぬ
飯館へ辿る山道　百合の花　遙かなれども瞼に揺れる
いつも会ふ震災犬とふ黒き犬のひとみのあおく海澄む色せり

一首目は上三句が自然の景を用いた序詞になっている。「桑の実色の夕暮れ」と「原発灯る」が「壊れしままに」によって重ねられる修辞になっている。「桑の実色の夕暮れ」もそうだが、二首目の「羚羊」三首目の「百合の花」四首目の「黒き犬」、いずれも、霊性を持った自然の景物（動植物も含む）として歌われている。いずれの歌も自然の霊性の側からしかあらわし得ない何かを伝えようとしている歌だ。潜在しているアニミズムはこんなふうにあらわれるのだと言ってもいい。

参照文献

中沢新一・小澤實『俳句の海に潜る』角川書店　二〇一六年
遠藤耕太郎「東アジアの序詞的発想法―中国少数民族ナシ族のゼンジュと序詞―」『日本歌謡研究　第五十四号』日本歌謡学会　二〇一四年十二月
加納喜光『詩経・I恋愛詩と動植物のシンボリズム』汲古書院　二〇〇六年
赤塚忠著作集第五巻『詩経研究』研文社　一九八六年
『震災のうた』河北新報社編集局編　河北新報出版センター　二〇一六年

第八章　ライフヒストリー　わが家族の物語

一　満州へと旅立つ一家

鹿沼から例幣使街道を北に向かって進むと今市へ出る。そこから日光まではすぐである。鹿沼から今市までの例幣使街道には道の両側に杉の巨木が鬱蒼と連なる。松平信綱が寄進したという有名な杉並木街道である。宇都宮から今市、日光へと結ぶ日光街道とは違って車も人も通らないひっそりとした街道で、宇都宮と日光を結ぶＪＲ日光線は鹿沼を経由しこの例幣使街道と並行して走りながら日光へと向かう。鹿沼から日光へ至るほぼ中間地点に文挟（ふばさみ）駅がある。文挟は、かつて例幣使の宿泊所が置かれた宿場町で、江戸時代は、日光東照宮への参拝客で賑わったが、昭和初期の文挟には宿場町の面影はなく、街道沿いに家が寄り集まっただけの小さなひっそりとした町である。

昭和十五年四月初旬のある日、この小さな駅の駅舎はいつもと違って賑わっていた。その中に福田ミチヨ（私の母）がいた。ミチヨは十二歳、猪倉尋常小学校を三月に卒業したばかりである。弟の不二夫と二三次（ふみじ）は母親にぴったりと寄り添っていた。不二夫は十一歳。二三次は八歳である。ミチヨの母の前で訓示をたれるように話をしているのは母の実母でミチヨの祖母田中みよである。駅のある文挟地区に隣接した石名田村に住む。ミチヨの母の名はシズ（私の祖母）。石名田村から猪倉村の福田宇市のもとに嫁いだ。猪倉村は、石名田村とは宇都宮から日光への街道である日光街道を挟んだ隣村である。

福田宇市、シズ、そして子供三人。福田一家五人はこれから満州へと旅立つところであった。満州開拓団の一員として満州に行くのである。一家の見送りに、猪倉村の人たちや母の実家のある石名田村の親戚がこの小さな文挟駅に集まっていたのだ。

私の母、福田ミチヨの物語はこの小さな文挟駅から始まる。昭和初期に生まれた多くの日本人がそうであったように、母もまた昭和という時代に翻弄され激動の人生を送るようになる。その出発点がこの文挟駅であった。

母の生まれた昭和三年に張作霖が関東軍の策謀によって爆死。昭和六年満州事変。そして昭和七年には上海事変、同年関東軍の傀儡による満州国の成立。昭和八年国際連盟は日本の満州撤退勧告案を採択、それを受けて日本は国際連盟脱退。昭和十二年盧溝橋事件。この事件をきっかけに日本は中国との全面戦争に突入。十四年ノモンハン事件。十五年福田一家満州へ出発。日本が満州の植民地支配を推し進め、中国との戦争に突入していったその時代に、母は生まれ、十二歳の時に満州へ渡ったのである。満州へ渡った翌年の昭和十六年十二月、日本は真珠湾を攻撃しアメリカに宣戦布告する。まさに戦争の時代であった。

私の母ミチヨは、昭和三年、今市市字大沢猪倉村に、福田宇市、シズの長女として生まれた。父は農民である。小作農ではない。一家が食べていくには何とかなる広さの田圃を所有する小規模自作農であった。弟の長男不二夫、次男二三次との五人家族は、父が満州へ行くと言い出さなければ、平穏ではなかったとしても、少なくとも満州へ渡った多くの日本人のような悲惨な運命をたどることはなかったはずであった。

何故、母の父宇市は満州へ渡ろうとしたのか。母は野心があったからではないかという。当時の満州開拓団は多くは貧しい農民がほとんどであった。満州開拓の奨励は、貧困にあえぐ日本の農民救済対策でもあったのである。猪倉はそれほど貧しい地域ではなかった。自然災害もほとんどなく、日光連山から流れる豊かな水に恵まれ、穀倉地帯とは言えないにしても、農民が生活するには豊かな自然に恵まれたところである。

だが、昭和十三年、宇市は突然満州へ行くと言いだし、下見だと言って単身満州へ渡ってしまった。帰ってきたのは二年後であり、宇市は満州から帰るなり、一家全員で満州へ行くことを宣言し、家や田畑を処分し、家族を引き連れて満州へと渡ったのである。シズも子供達もただただ宇市の計画に従うしかなかった。宇市はまだ三十七歳、妻シズは三十四歳であった。二人ともまだ若かった。

猪倉から満州へと渡ったのは、福田一家だけであった。他の村人は満州へ渡る経済的な理由も、また、宇市のような野心も持っていなかったのである。従って、開拓団を組織して満州に送り込むというような村をあげての動きはこの地域にはなかった。

宇市は村の男達とは違っていたと母は言う。猪倉の家には「明治大正文学全集」があった。宇市が買い揃えたのである。宇市は猪倉の農家で生まれこの地で育った農民である。学校も尋常高等小学校しか出ていない。何故「明治大正文学全集」を買い揃えたのか。特に文学が好きだったということもなく、文学全集を熱心に読んでいたという記憶もない、おそらく教養というものに憧れていたのではないかと母は言う。

母が猪倉の家にあったという「明治大正文学全集」は、円本と呼ばれる大衆向けの文学全集で、春陽堂の「明治大正文学全集」だと思われる。この本を活用したのは母である。母は小学生の時にこの文学全集をたくさん読んだ。母の読書好きはここから始まった。八十七歳で事故によって亡くなるまで、読みたい本があれば近くの本屋に注文し、毎日寝る前には必ず本を読む。特に歴史もの、ミステリーが好きで、宮城谷昌光の本はほとんど読んだ。晩年は和田竜や百田尚樹の本をよく読んでいた。変わったところでは、角幡唯介のノンフィクションがお気に入りで、私などは母に教えられて『空白の五マイル』『アグルーカの行方』などを読んだものである。

父宇市が買い揃えた「明治大正文学全集」と、宇市の満州行きとはどこかで結びついているだろう。自分の生まれ育った土地で、小規模の田畑を維持しながら一生を終えていくということにつまらなさを感じる精神が、共同体の外へと目を向けさせた。そのひとつのあらわれが「明治大正文学全集」であり、そして、満州行きという大胆な決意もその外への関心がうながしたものだった。

満州国成立後に、日本から満州へと本格的な日本人の民族移動が始まった。関東軍は満州国に「王道楽土」を実現するというスローガンをたて、日本人に移民をすすめたのである。移民は満蒙開拓団と呼ばれた。移民として渡った日本人は約二十二万人。その日本人移民のうち敗戦にともなう死亡者は七万八千五百人にものぼった。移民政策は三期に別れるという。第一期は、試験移民期（一九三二～一九三六）。第二期は本格的移民期（一九三七～一九四一）。第三期は移民事業の崩壊期（一九四二～一九四五）（『岩波講座　近代日本と植民地3』参照）。父宇市が満州に渡ったのは、昭和十三年（一九三八）、一家が移住したのが昭和十五年（一九四一）であるから、まさに第二期の本格的移民期であった。翌年の昭和十六年、太平洋戦争が始まると、戦争のための国民総動員体制が敷かれ日本は移民どころではなくなる。その意味では福田一家は本格的移民期の終わり頃に移住したということになる。

移民の目的は今更言うまでもないことだが、植民地である満州支配を、日本人の農民を中核とする実質的支配に近づけるためであり、同時に日本における貧農対策でもあった。政府は満州には夢があると移民を奨励し、マスコミはその政策にのっかり〝嵐のような満蒙熱〟を日本中に引き起こした。貧困から逃れようとする農民、そして宇一のような一旗あげようと野心を抱いた国民は、この嵐のような満蒙ブームにうまくのせられ、満蒙開拓団として移住を決意したのである。

文挟駅で日光から来た宇都宮駅行きの汽車に乗り込んだ福田一家は、宇都宮駅で東北線に乗り換え東京へ。東京から汽車で下関まで行った。下関からは汽船で釜山に向かい、釜山からは鉄道で奉天（現在の瀋陽）に行った。子供たちにとっては、それはシズにとってもそうだが、初めての長旅であり、未知へと踏み出す不安と期待との入り交じった旅であった。

シズは不安を抱えていた。夫宇一のように満州での新しい生活をすばらしいものと夢見ることはできなかった。猪倉村で何とか食べていけるのに何故知らない地に行かなくてはならないのか、満州行きに消極的な態度は示したものの言葉で嫌とは言えなかった。仕方ないと受け入れるしかなかった。宇一はいつもこうなのだ。突然、家族の前で俺は決めた、と宣言し、それまで頭の中でずっと考えていたことを語り始め、そこから夢中になって取り組むのだ。それまでは家族の運命を決定的に変えてしまうほどのことでもなかったから、やりたいようにやらせていたが、今度ばかりはかなり悩んだ。石那田の実家の母（田中みよ）にも相談もした。だが、母に、男が夢を抱いて新天地で一旗あげたいと決意したのだから、お前はそれに従えばいいと逆に説得された。満州への移住がどんな結果をもたらすのか、誰にもわからなかった時代の話である。国もマスコミも満州に渡れば幸福な生活が待っているというように喧伝していたのであるから、宇一の決意を翻すことなど誰にも出来なかった。

奉天から吉林へと着いた一家は、開拓団のために用意された共同宿舎に泊まった。他の開拓団の人たちとそこで半年ほど暮らすことになった。半年のあいだに、現地に移住する前の様々な準備をする期間ということであった。半年後一家は樺甸（カデン）県八道河子（ハチドウガシ）に入る。一家は八道河子開拓団の一員となった。八道河子から一里ほどの距離にあるカンジャンコ村が一家の入植地であった。

二　満州での生活そして結婚

ミチヨは八道河子高等小学校へ二年通うことになった。弟たちも八道河子小学校へ通った。村から八道河子の学校までの一里の道のりをミチヨは弟たちと毎日歩いて通った。

日光連山が間近に見え低い山や谷の起伏に富んだ故郷の風景とは違って、八道河子の風景は、緩やかな起伏の丘陵が果てしなく続く。森も多かった。学校へ行く途中に森の中の道を通る。学校の帰りが遅くなると、日が落ちて暗くなっていく森を通ることになり、それが怖かった。が、満州での一番幸福な時代は、八道河子の学校へ毎日通ったこの二年間であった。

生活は貧乏ということはなかった。中国人の使用人もいた。宇市は村の中で積極的に動いた。働き盛りの年齢であり、身体もよく動いた。村の人たちの前で自分の意見を言うのに躊躇しない発信力があった。次第に宇市は村人に信頼され、リーダーの一人として振る舞うようになった。父は自信に溢れ、母のシズは次第に満州での生活も悪くないと思い始めている。福田一家はとてもうまくいっていたのだ。学校で友達も出来、この二年間ミチヨにとって辛い思い出は何もなかった。

高等小学校を終えたときミチヨは十四歳になった。もう子供ではない。父親に行儀見習いに行きなさいと言われた。学校のほうから話があったらしい。ある日、担任の先生が、ミチヨと同じ学校の女生徒三、四人とを新京（長春）へと連れて行った。ミチヨたちの奉公先に連れて行ったのである。ミチヨが連れて行かれたのは新京の水力発電所の所長の家であった。大きな家であった。ここで住み込みながら行儀を身につけなさいと担任は言って帰って行った。

ミチヨは二年間この家で働いた。行儀見習いと言われたが実質は女中奉公であった。母ミチヨは、この所長の家で、親元を離れ自力で生きていく生活を始めたということになる。ミチヨはよく働いた。後に祖母のみよから、おまえは身体がよく動くから食いっぱぐれることはねえ、と言われたことがある。ミチヨの母も父もねっからの農民であり、働き者であった。ミチヨもまた働き者の血を受け継いでいた。

女中の仕事は楽ではなかった。朝が早く夜も遅くまで働いた。寝る時間があまりなかった。ただ、ミチヨは母が寝る間も惜しんで働く姿を見ていて、働くということはこんなものだと思っていたから、しんどいと思うことはあっても、その仕事が辛いと思うことはなかった。ただ、一方では、給料がもらえる会社のようなところで働きたいと思うこともあった。そんなとき父から、遼陽の軍需工場で電話交換手を探しているからやってみないかと言ってきた。正月の休暇で帰ったとき両親に給料の出るところで働きたいと愚痴っていたのである。父がいろいろとつてを頼って探してくれたのだ。ミチヨは父に感謝し、所長宅の女中奉公を辞めることを決めた。

母ミチヨが新京にある発電所所長の女中奉公を辞めて、遼陽の軍需工場に電話交換手として働き始めたとき十六歳であった。軍需工場には同世代の女子がたくさんいた。同僚たちとの会話も楽しかった。少なくともここには前の職場と違って、一日中気を遣うような束縛感がなかった。ミチヨは初めて自分は社会人として働いているのだという実感を持った。

電話交換手として働き始めたのは昭和十八年であったが、すでに戦況は悪化していた。だが、この遼陽にはまだそのような情報は入ってきていない。むろん、本土でも日本の国民は本当の情報を知らされてはいなかったが、それでも戦況が思わしくないことはそれとなく伝わっていた。たぶん、そのような芳しくない戦況の情報は満州の遼陽にも入っていたに違いない。が、一部を除いてほとんどの日本人は、日本はうまく戦争をやっていると信じていた。

遼陽で働き始めてから一年ほど経ったある日、父が死んだという知らせが届いた。それはほんとうに突然の知らせだった。肺炎が原因ということだったが、それは表向きで、母シズは医者に殺されたと言った。父は風邪を引いて、赴任してきたばかりの若い医者に診てもらった。その医者が父に注射を打ったところ、一時間ほどで父は死んだという。医者は肺炎だと言うが、そんなはずはない、ただの風邪だった、仮に肺炎だとしてもあんなに早く死ぬはずがないと、シズは泣きながらくどいた。父はあっけなく死んだ。ほんとうにあっけなく死んだ。満州で一旗揚げようと家族を連れて移住し、家族や村のために懸命に働いて、それなりの声望も得たのに、実に簡単に死んでしまったのだ。人間なんてはかないものだとミチヨは思った。

ミチヨは八道河子の母のもとに戻ることにした。上の弟は高等小学校を終えて父の手伝いをしていたが、まだまだ子供だった。ミチヨは自分が母や弟たちを支えなくてはと戻ることにした。父の死を悲しんでくれた八道河子開拓団の本部長が、ミチヨに開拓団本部の事務所の事務員の仕事を世話してくれた。ミチヨは、今度は一家を支えるために開拓団の事務所で働き始めた。

ミチヨに縁談の話が舞い込んだのは、開拓団で働き始めてから数ヶ月経ったころだった。相手は、母シズの実家のある石那田村の若者である。石那田村はミチヨの生まれた猪倉村の隣村である。この縁談を仲介したのは、事務員の仕事をすすめてくれた開拓団本部長であったが、実際は、シズの母である田中みよによる口ききであった。満州という異郷で連れ合いを亡くした娘と家族を心配し、ミチヨと同郷の青年とが結婚すれば何かと心強いだろうという配慮からであった。その青年は沼尾悦二と言った。石那田村出身で、満蒙開拓青少年義勇軍として満州に渡り、この満州の地で働いていたのである。歳はミチヨより二つ上であった。

満蒙開拓青少年義勇軍は、貧しい農民による開拓団組織とは違って、満州植民地の安定的支配を目指して、国家が高等小学校を卒業した十五歳から十九歳までの青少年を開拓団として入植させるために作った組織である。この沼尾が私の父（実父）となる。沼尾が何故義勇軍に応募したのかはよくわからない。自主的だったのか、それとも、各地域で義勇軍の人数が割り当てられていたので、その候補者として名前を挙げられてしまって参加することになったのかわからないということだが、おそらくは前者であろう。沼尾悦二もまた村の外に出て何かをしたいという心を持った若者だったからである。

沼尾は吉林省敦化県にある秋利溝義勇開拓団で鉄道自警団の一員として働いていた。ミチヨは沼尾

母ミチヨ18歳

のことはまったく知らなかった。秋利溝義勇開拓団の団長が八道河子開拓団本部長にミチヨと沼尾との縁談をすすめたいという手紙を送ってきたのである。その縁談を実際に仕組んだのはシズの母田中みよであった。

ミチヨは戸惑ったが、満州という異国で同郷の若者と結婚する話を断る理由はなかった。実際、断ることは出来なかった。農家の娘の結婚はこんなふうにして決まっていくのが普通だった。ましてここは満州であり、周囲は本土の同郷の者との結婚は願ってもない縁だとみなしたのである。母シズは、嫌になったらいつでも帰って来いと言ってくれたが、この結婚が母や弟たちにとって助かるものであるなら、と自分に言い聞かせ自分なりに受け入れた。この結婚がミチヨの人生を波乱に満ちたものにすることなど思いもしなかった。

結婚式は、秋利溝義勇開拓団の宿舎で行った。

昭和十九年の春のことである。このとき、実はもう一組の結婚式も一緒に行われた。合同結婚式である。その一組とは、同郷の篠井村出身の半沢浩と大陸の花嫁として満州に渡ってきた女性であった。半沢の出身地の篠井村は、沼尾の石那田村、その隣にあるミチヨの育った猪倉村と同郷と言っていいほど近くにあった。半沢は沼尾と同じ歳であり、一緒に義勇軍に参加していた。この二組の夫婦は、日本に戻ってからもずっと交流し付き合っていくことになる。

新居を敦化県の野州というところに構え、ミチヨはそこで新婚生活を送った。沼尾悦二はミチヨの父宇市と似ているところがあった。今の自分の現状に満足出来ないような心を時折見せた。良く言えばそれはささやかな野心とでも言うべきものであったが、ミチヨにはそのことが少し不安であった。父宇市はその野心によって家族を満州へと移住させ、そして本人はあっけなく死んでしまったのだ。この夫は安定した生活を送ろうとする人なのだろうかと時に心配になったが、その不安はそれほどミチヨの心を占めることなく、二人は満州国開拓団の一員としてとりあえず平穏な生活を送った。

三　敗戦そして日本への決死の引揚

一年後の昭和二十年七月に沼尾悦二に召集令状がきた。同じ時に、ミチヨが妊娠したことがわかった。すでに満州においても戦局の悪化は知られるようになっていた。沼尾は覚悟して入隊した。ミチヨは母のもとに戻ることにした。

母シズがミチヨを迎えに来たのは八月の半ばであったという。二人は、奉天から吉林を結ぶ奉吉線に乗り取芝河という駅で降りた。ここで日が暮れたので、駅の近くにある開拓団の宿泊所で一泊し、母が村から乗ってきた荷馬車で帰ろうとしたが、どういうわけか、馬が見当たらなかった。逃げてしまったということであった。仕方なく、二人は八道河子の村へ歩いて帰ることにした。一日では行き着かないので、途中野宿をした。二人が歩き出してからしばらくすると村から迎えの者がやってきた。母とミチヨを見つけると、よかったよかったと言いながら、良く無事だったと口々に言った。その様子が普段と違うので何かあったのかと聞くと、日本が戦争に負けたんだと言う。あちこちで満人が開拓団を襲撃しているということだ。ソ連軍も迫っている。昨日帰るはずなのに帰ってこないから、これは何かあったんじゃないかと心配して迎えに行こうということになったらしい。

このあたりのミチヨの記憶は混乱しているようにも思える。ソ連軍が参戦したのは八月九日であり、満州の開拓団は大騒ぎになっていたはずである。敗戦の日である八月十五日直前だとすれば、母と娘との移動はかなり困難を極めたと思われる。ミチヨからそのような混乱した状況の話が出てないのは、母シズが迎えに来たのはソ連参戦前ではなかったかとも思われる。敗戦の日の直前にも村を出たことがあって、村人が心配して迎えに来たということがあり、そのことと混同したのではなかったか。が、ソ連軍参戦によって早くに影響を受けたのは、国境を接していた黒竜江省の開拓団であって、吉林省八道河子開拓団は朝鮮半島に近い位置にあることもあって、まだそれほどひどい状況ではなかったということかも知れない。とすれば、敗戦の日に村に帰ってきたというのもあり得るだろう。

いずれにしろ、ソ連軍参戦と敗戦の事実によって、ミチヨが移住した村の人たちは、自分たちがこれからどうなるのか不安に脅え途方に暮れていたことは確かである。そういう状況のなかに父のいない福田一家はいたのである。村の男たちは兵隊に招集されたものも多く、村には成年の男は二人しかいなかった。

ミチヨが帰ってから二、三日後に村長は村人を集めて、隣村の開拓団が集団自決したと告げた。村人全員一軒の家の中に籠もり中で炭火を焚いたのだという。それを聞いてすすり泣きがあちこちから聞こえた。この村に残された選択肢は二つだと村長は語った。村に残って満人やソ連軍と戦うのは無理であり村に残るなら集団自決するしかない。そうでなければ、全員でこの村を出て日本に帰るために移動するしかない。ただ、ソ連軍や満人たちに襲撃されるかもしれず、その移動は困難を極めるだろう。無事に港につけるかどうかわからない。みんなどうするか。村に残っている家族は五家族で、人数も二十人もいなかった。ほとんどが女子供であった。あちこちで集団自決があったと聞いていたこともあってか、集団自決しかないという声があがった。が、同調するような声はあがらなかった。その日は何もきめられなかったが、その日の夕方に八道河子開拓団本部から、集団自決をするなという命令が村に届いた。それで、全員で村を引き上げ移動することにした。

満州開拓団の日本人が敗戦後に村を脱出して引揚船の着く港にたどりつくまでの行程がいかに悲惨なものであったかは、多くの開拓団の記録に記されているが、八道河子開拓団に属していたミチヨの村のものたちの逃避行も例外ではなかった。

ここで言う満人とは満州の中国人のことだが、彼らにとって日本から来た開拓団は異国から来た侵略者に違いはなかった。タダ同然で土地を買いたたかれ、実質的に日本人への隷属を強いられた。抵抗すれば匪賊として討伐されてきた。その支配者である日本が戦争に負け、満州支配の根拠を失い、日本人は故国に逃げざるを得なくなったのであるから、それまでの鬱積してきた不満が一挙に爆発したのは当然と言えば当然だった。満人による開拓団への襲撃はそのような不満爆発のあらわれであったが、一方で、日本人に対し親切に対応した中国の人々もいた。逃避行を強いられた日本人にとって乳幼児を抱えて逃げることは無理であった。開拓団の引揚者の手記にも、山中で赤ん坊を遺棄したことがよく出てくる。が、中国人に引き取ってもらったケースも多い。その時に引き取られた赤ん坊が、戦後、残留孤児として脚光を浴びることになる。

ミチヨの村の人々は八道河子を目指して歩き始めた。途中で空き家になっていた民家で休憩をとっていたとき、銃声が聞こえた。襲撃にあったのである。村の人たちは一斉にばらばらになって逃げた。福田一家もばらばらになって逃げた。集合場所は八道河子の小学校とすでに申し合わせがあったので、各自一目散に走り出しながら八道河子を目指したのである。

ミチヨも必死に逃げ、暗くなって何とか八道河子に着いた。人目に立たぬように隠れながらゴミ捨て場に潜むと、そこに母シズがいた。二人はそこを抜けだし小学校へ向かった。途中中国人の自警団に呼び止められ調べられたが、すぐに解放された。小学校に着くと、校庭には八道河子の周囲の村に入植していた開拓団の人たちが大勢逃げて来ていた。次の日に弟二人が合流した。二人とも泥だらけで、見つからぬように一日水田に浸かっていたという。

逃避してきた開拓団の人たちは小学校に二日ほどいた。その間、銃弾が撃ち込まれることもあって生きた心地がしなかったという。八道河子から鉄道のある吉林まで、開拓団員全員で移動することになった。開拓団一行は小学校を出発し三晩野宿して吉林に着いた。食料も少なく、途中何度も集団自決の話が出たが、結局は生きて帰りたいという祈るような気持ちが勝った。ミチヨは途中茶筒を拾い開けてみると塩が入っていた。その塩には助けられたという。

八道河子開拓団の集団は吉林の町中がどうなっているか心配だということもあり、まず吉林近くの河原で野宿をした。すでにソ連兵が吉林に入っているらしい。若い女はソ連兵に連れていかれるという話を聞いてきたものがいて、若い女は頭を坊主にして男のような格好になった。ミチヨも坊主になった。近くに山があり、その山で集団自決しようと本部長が言い出した。ミチヨはとうとう死ぬのかなと思ったが、結局その話は実行されなかった。

吉林の中に日本人が造った神社がある。そこに避難した。神社には各地から逃げて来た多くの日本人が集まっていた。彼らの様子をみるとほとんど生きているのが不思議なくらい疲れ果てていて、まともな服を着ているものは少なく、中には、着ている服を剝がされてしまって、麻袋に穴をあけてそれを身にまとっているだけのものもいた。ミチヨが属した八道河子開拓団が吉林までに到る移動も悲惨なものだった。まず飢えで苦しんだ。歩けなくなった病人や年寄りは途中置いて来ざるを得なかった。集団自決の話が何度も出たというのもうなずける。神社では吉林に住む日本人達が炊き出しをしてくれた。それで何とか生き延びられたという。

吉林には収容所のような建物が造られていたという。逃げて来た開拓団はそこに収容された。そこにしばらくいたが、吉林から撫順に行くということになった。汽車に乗って撫順へと行った。ミチヨは汽車に乗っているときは窓から離れていろと誰かから言われた。着物を剝がされてしまうからということだった。怖くなって窓に近寄らないようにしていたことを覚えているという。

撫順は炭鉱の町である。八道河子の開拓団は炭鉱の宿舎に世話になることになった。どういうつてがあったのかわからないが、それは避難するたくさんの日本人のなかでかなり幸運なことであったらしい。宿舎には風呂があった。それがありがたかった。一日二回も食事が出た。やっと人間らしく過ごせると誰もが感激した。

福田一家はこの撫順で一年近く暮らすことになる。ミチヨと弟たちは、夜になると露天掘りの炭鉱に忍び込んで石炭を取ってきて、日本人に売りに歩いた。昼は饅頭を売った。そうやって一家の食い扶持を稼いでいたのである。妊娠していたミチヨは、撫順で男の子を出産した。ミチヨは赤ん坊を育てながらの生活となった。栄養状態は悪く乳は出なかった。豆腐屋で豆乳をもらいそれを赤ん坊に呑ませていたという。昭和二十一年のことである。

ミチヨたちは他の避難民にくらべれば比較的快適な生活を送っていたが、撫順に逃げて来た多くの日本人は、衛生状態も悪くひどい有様だった。小学校には何百人もの日本人がいた。満州チブスが流行し大勢の避難民が死んだ。生き残ったのは三分の一だったのではないかという。ミチヨは校庭に衣服の剝ぎ取られた裸の死体が山のように積まれていたのを見たという。この満州チブスに母シズがかかった。結局母シズは死んだ。ミチヨと弟たちは、撫順の畑に母を埋葬した。

八道河子の開拓団が日本への引揚の拠点となる華北の葫蘆（コロ）島に出発したのは母シズを埋葬してからしばらくしてからのことであった。一行は、無蓋の貨物車に乗って葫蘆島港を目指した。

葫蘆島が引揚の拠点となったのはそこが華北における国民党の唯一の支配地であったからだ。中国共産党と対立していた国民党を支持したアメリカは、共産軍に対抗するために華南から華北（葫蘆島港）

に国民党軍を船で運び、そして空いたその船で日本に引揚者を運び、日本からは日本にいる朝鮮人を乗せて帰国させる、という計画を立てたのである。日本人の満州からの引揚は、当時の国民党と共産党との内戦という政治状況によって幸運にも可能となったことであり、歴史の動き方次第では、母たち多くの日本人は帰国できなかった可能性があったということである。

私が短歌評論を書いている短歌誌『月光』に属している歌人冨尾捷二は、満州引揚者で引揚げ時は七歳の少年だった。歌集『満洲残影』で引揚の光景を次のように歌っている。

無蓋列車に積まれ我等は運ばれぬ葫蘆島港へ鉄路五百粁
すれ違ふ客車の戦勝国民の罵倒を浴びて目を伏せゐたり
時ならず停車をしたる線路脇に引揚者どもは素早く雉撃つ
引揚船の仮設便所の暗き穴に玄界灘の荒波を見き

少年冨尾捷二が見た光景を母もまた見ていたはずだ。ただ母は赤子を抱えての引き揚げであった。無蓋列車で移動中に雨に打たれ、赤子は肺炎を起こし脳膜炎になってしまった。母の話では、引揚船は広島港に着いたが、引揚船のなかで赤子は死んだということだ。昭和二十一年七月のことである。広島で赤子を火葬し灰だけは持ち帰ることが出来た。列車で広島の街を見たとき、ほとんどの家の屋根がなく街は真っ平らだったという。

四　戦後、父は競輪競馬に狂い母は離婚を決意する

母ミチヨは弟二人を連れて宇都宮についた。宇都宮の街も空襲を受けており駅前は焼け野原であった。そこから日光線に乗り換えて文挟まで行き、石那田村に向かった。石那田村にはミチヨの母シズの実家がある。ミチヨたちはシズの母田中みよのもとに身を寄せた。夫の沼尾悦二は同じ村の出である。昭和二十二年に夫の悦二が帰って来た。夫は終戦直前に満州で徴兵され終戦とともにソ連の捕虜となりシベリアに抑留されていた。夫が戻るとミチヨは同じ村にある夫の実家に移り住み長女を生んだ。ミチヨは赤子を背負いながら農家である実家の手伝いをする日々だったが、夏、赤子を負ぶって田の草取りをしていたら、赤子の具合が悪くなり程なく死んだ。日射病だったらしい。まだ一歳にもなっていなかった。二十三年のことである。翌二十四年十月に私が生まれる。

終戦の年の二十年から二十四年にかけて、母は、三人の子供を生み、二人を死なせている。二人は、生きていれば私の兄と姉であった。撫順で私の兄を産んだとき母ミチヨはまだ十七歳である。引き揚げの途中多くの死を目の当たりにし、何度も死を覚悟しながら子供を生んだ。その子供を失いまた子供を生む。そしてまた子供を失う。過酷な数年間だったにちがいないが、一方、必死に命を生み出そうとする母の生命力を感じる。その生命力のおかげで私が生まれた。もっとも、私の生まれた昭和二十四年は団塊の世代の最後で、出生数が一番多い世代である。つまり、たくさんの日本人が、母と同じように、戦後の混乱期を生き抜き子供を生んだのだ。

二十四年、夫悦二は、宇都宮から栃木市に向かう途中に位置する壬生という小さな町にある野州織

維という会社に就職した。夫婦は壬生町の街中の街道筋にある菓子屋の二階で暮らすことになった。その二階は会社が社宅として使っていた部屋である。母は同じ会社の社員食堂で働くことになった。その年の十月に、壬生の菓子屋の二階で私が生まれた。

翌二十五年、悦二の兄が結核で死に、その兄のために用意してあった、家を建てるための材木を悦二が貰うことになった。悦二は、その材木を使って宇都宮の郊外江曽島町に家を建てた。江曽島は東武宇都宮線で宇都宮から二つ目の駅である。江曽島の土地は百三十坪あった。広い土地である。実家に金を出してもらって購入したということだ。家を建てた悦二は、壬生の野州繊維を辞め、浅草にあるミシンの販売会社に勤めることになる。宇都宮から浅草までは東武線で行くことが出来るが、二時間以上はかかるかなりの遠距離通勤である。

翌二十六年、弟清が生まれる。この頃から、夫悦二の様子がだんだんとおかしくなっていった。競輪・競馬に通い始め、家に金を入れなくなったのである。父親が競輪・競馬に狂いだした家は当然のことながらだんだんと貧乏になっていった。

私はこの頃の記憶はあまり無いのだが、母に連れられて汽車に乗った記憶がおぼろげにある。母によれば、それは、東京に米を売りに行ったときのことだろうという。生活のために金を稼がざるを得なくなった母は、子供二人を連れて東京に闇米を売りに行ったのである。綿を抜いて米を入れたベストを着てその上にまだ幼い弟を背負い、私の手を引いて宇都宮から上野行きの列車に乗ったということだ。闇米の販売は違法だから見つからないように米を着込んだのである。東京に着いて山の手の住宅街に行くと、同情してくれて米は全部売れたという。

悦二が何故競輪・競馬に狂いだしたのかよくわからない。母によれば、付き合っていた友達が悪かったということらしい。終戦後、シベリア抑留から帰還し、家庭を持ち、仕事もあり、持ち家を建てて、普通の暮らしを始めることができたのに、何故競輪・競馬に狂い始めたのか。心の内を推し量ることは出来ないが、現状の生活に満足し得ない何かを抱えていたのだと思うしかない。敗戦直後の食べ物も生活物資もないなかで、多くの日本人は生きるために必死に働き、少しずつ生活を豊かにしていった。そこには、貧しても戦争よりはずっとましだという思いもあったろう。

が、戦後すぐに競馬に狂い始めた悦二や彼を賭け事に誘ったという友人たちには、たくましく生き抜こうとする生活者の本能的生とは別の、充たされない現在を充溢させさえすれば今の生活を崩壊させるリスクを負ってもかまわないとする、自己破壊的とでも言うべき荒んだ心があったのだと思われる。こういう心もたぶんに当時の多くの日本人が持っていたのではなかったか。昭和二十三年に地方競馬法が制定され、以降多くの地方競馬が開催されるが、この競馬に、悦二のような荒んだ心を抱えたものたちが大勢押しかけただろう。そして、家族を顧みず生活を破綻させていく男たちをたくさん生んだのだ。

悦二もその友人たちも、戦争中は徴兵され、戦死を覚悟した世代である。戦死の覚悟から解放されてすぐ日常の生活に戻って真面目に働けと言われても、その変化に戸惑わずに誰もが適応できるとは思われない。少し同情的に見るならば、彼らは、時代の変化に適応出来なかったものたちだと言えるだろう。だが、賭け事に狂う彼らの荒んだ心は理解出来るとしても、彼らに生活を頼らざるを得ない家族にとっては迷惑な話である。迷惑というより悲惨である。私の母も、幼い私と弟もたちまちその悲惨な境遇に陥ったのである。

父悦二は浅草のミシン販売店を辞めた。どの位の期間勤めていたのかわからないが、競馬に狂い始め、生活が荒み始めてからすぐのことだったろうと思われる。悦二が職を失うと生活はさらに窮した。悦二は賭け事の金がなくなると、タンスから母の着物を持ち出し質に入れるほどになった。

私は母が夫と派手な喧嘩をしていたというような場面を記憶していない。言い合いや愚痴るような場面は当然あったに違いない。幼子二人を抱えた母がこの事態をどのように切り抜けようとしていたのか。大声で夫に怒鳴ったり泣きわめくような性格ではなかった。少なくともその日の暮らしをなんとか維持するために必死であったに違いない。父が競馬場に行ったとき、母は私と弟を連れて競馬場に出かけ、入り口近くの道端でパンを並べて売ったという。たまたまそこへ父の兄弟が通りかかって母に気づき、事情を知るや父悦二を責めたという。

生活に窮した父は家と土地を親戚に売り、家を借りる形にして住むことにした。売った金で当面の生活費を工面し、また、その金で、駄菓子屋を始めることにした。家は広かったので、土間の部分を改造すれば小さな駄菓子屋を営むくらいのことは出来たのである。駄菓子屋を始めたのはいいのだが、ある日、悦二は仕入れのための金を持って競輪に行きすっからかんになって帰って来た。結局駄菓子屋も立ちゆかなくなった。これにはさすがに母も怒った。もう一緒に暮らすのは無理だと覚悟した。このことが直接のきっかけだったかどうかはわからないが、母は、子供二人を残して田中みよ（母の祖母）の末娘であるフサエの許に身を寄せた。フサエは母の叔母に当たるが、歳は母より少し上である。江曽島町のとなり南宇都宮で建築業を営んでいる家に嫁いでいた。その家は何人もの大工を雇っていてその地域では大きい工務店であった。母は普段からフサエに生活の相談に乗ってもらっていた。フサエのすすめもあってのことだろうが、ついに家を出て、離婚の手続きを進めることになる。

母と父悦二との間の離婚は結局裁判になった。私と弟の養育権をめぐっての争いであった。結局、弟は母が、私は父が育てるということになった。弟が母に引き取られるまでの間、父が私たち兄弟の面倒を見たことになるが、その記憶があまり無い。母の話では父は幼い私たちを毎朝走らせていたらしく、近所の人が見かねて父に可哀想だから止めるように言ったという。が、毎朝走らされたという記憶もない。ただ、私はおねしょをよくした。その度に父にひどく殴られたことだけはよく覚えている。怖い父だったという記憶だけは鮮明にある。

私は江曽島の家に父と暮らすことになったが、この家には小学校一年までいた。小学校は江曽島の陽南小学校である。私の記憶では、学校が終わると東武線に乗って隣の南宇都宮駅まで行き、そこから母が身を寄せている母の叔母フサエの家まで行って母と会った。夕方になると江曽島の家に帰った。父には母のもとへ行ったことは言わなかった。そのような生活がしばらく続いた。私は幼い頃に、母に会ったことを父に知られまいとして、父の顔色をうかがい上手に嘘をつくことを覚えたのである。私の素直でない性格はこのような境遇によって鍛えられたようである。

結局、私は母のもとへ引き取られることになる。父には子供の面倒を見ることは無理だったのである。父悦二は、定職につかず職を転々としていた。当然のことだが生活は荒れていく。子供の世話をするどころの話ではなかったろう。ついに音を上げて、母が私を引き取ることを認めた。

五　子供二人を抱えての苦しい生活

小学校二年になるときに私は南宇都宮の西原小学校に転校した。私はすでに母の元に引き取られ母と弟と三人で南宇都宮の市営アパートに住んでいた。市営アパートといっても炊事場やトイレは共同で各部屋は六畳一間、十世帯ほどの貧困者が住む小さなアパートである。このアパートで、母と私と弟との母子家庭の生活がスタートしたのである。昭和三十二年のことである。

江曽島の父悦二がその後どのような人生を送ったのかよく知らない。死ぬまで江曽島の家に住んでいたらしい。商売を始めては失敗するということを繰り返したということだ。結婚はしなかったようだ。私が中学生の頃だったか、父と会ったことがある。父子邂逅のお膳立てをしたのは、満州で結婚式を一緒にあげた半沢夫婦で、半沢は宇都宮で米屋を営んでいた。半沢夫婦と私と弟そして悦二が、場所は忘れたが、ある食堂の一室で会ったという記憶が鮮明にある。どんな話をしたのかは記憶がない。母がその場にいたかどうか記憶にない。いなかったように思うのだがいたのかもしれない。

悦二が死んだという知らせが届いたのは、私が四十歳の時だ。私は東京で予備校の講師をしていた。弟は宇都宮で母と住んでいた。知らせを受けた弟が葬式に行った。葬式は江曽島の家でささやかに営まれた。弟の話によれば、悦二は家の中で脳溢血で倒れ、発見されたのは死後一週間経ってからだったということだ。不審に思った近所の人が見つけたらしい。孤独死ということになる。家族はいなかったのである。母より二歳ほど上だから享年六十四歳の生涯を閉じたことになる。

時折、父悦二が競馬に狂うことがなかったら私の人生はどう変わっていたろうかと思うことがある。

母はあんなに苦労することはなかったろう。夫の職があり持ち家もある。夫婦と子供二人という、戦後の平均的な家族像を演じることが出来たに違いない。むろん平均的な家族像など実際には幻想にすぎないが、当時、子供心に、他の家の多くの家族がうらやましく思えたのは確かである。少なくとも、自分の家族は他の家族に比べて恵まれていないという意識が、はっきりとではないにしろ幼い私に刻みつけられたのだ。その意識は漠然としたものではあったが、強い劣等感になって、以後の私の人生に影響を与えていくことになる。

父悦二が競馬に狂うことがなかったらこの劣等感の支配に悩むことはなく、違う人生を歩んでいただろうが、この劣等感ゆえにそれなりに努力したのも確かだ。劣等感は誰にでもある。誰もが劣等感をバネに生きているのだから、私はむしろこの劣等感ゆえに生きて来られたと考えるべきかも知れない。父が競馬や競輪に狂わなくても、別の劣等感にさいなまれたかも知れないし、平均的家族であったとしても平均的に暮らせるなどということはまずないだろう。父が競馬や競輪に狂わなかったら、というのはないものねだりであり、人はみなそうやって過去を操作しながらありうべき人生にふさわしいように自分の過去を変えたがるものなのだ。

ただ、自分のやや狷介な性格、他人とのコミュニケーションが下手で孤独を好むところ、世の中への漠然とした反抗心等の、私の人間性の大部分は、父の生き方、その生き方がもたらしたわが家族の境遇に起因しているのは確かだ。確かなのだが、その割には私はこの父のことをあまり知らない。今回、母のことを書くことになってあらためてそのことに気づいた。父と暮らした期間は七歳頃までだが、もう少し父についての記憶があってもよさそうなのだが、ほとんどというくらいに無いのだ。このことに何らかの意味があるのか。私のなかで無意識に記憶を封印するように働いたのか。ただの健忘症かもしれないが、この実父のことはあまり思い出したくない事柄として、私のなかに分類されていたのは確かだろう。

南宇都宮の市営アパートは貧しい人たちの住むアパートだった。母は近くの石田工業という小さな工場で働いていた。ドラム缶の製造や再生の工場で、母はドラム缶の洗浄や塗装の仕事をしていた。工場の社長は良い人でとてもよくしてくれたと、私の母への聞き書きのときに母は語っていた。

南宇都宮のアパートには、母が田中フサエの夫が建てたアパートに移るまで四年ほど住んでいた（昭和三十一年から三十五年の頃か）。母の石田工業での仕事は五年続いた。この市営アパートでの期間は私の小学校時代になる。母一人で二人の子を育てることになった市営アパートの時代はとにかくお金がなくて大変だったと母は述懐している。私と弟二人は南宇都宮の西原小学校というところに通っていたが、二人の給食費が払えなかったという。生活に困り、市の福祉事務所に相談に行ったところ、窓口で対応した市の職員はとても横柄な人で、なんで再婚しないんだと冷たく言われ、悔しくて涙を流したと母は述懐していた。そのことを後に祖母の田中みよに話したところ、祖母はかんかんになって怒り、子供二人を抱えた女と結婚する男がいるんだったら紹介してくれとなんで言ってやらなかったのだとひどく叱られたそうだ。

母の祖母である田中みよは母のよき相談相手だった。母が父との離婚を決めて叔母のフサエ（祖母の末娘）のもとに身を寄せたのも祖母のはからいだった。考えてみれば、満州で、母と父悦二との結婚をお膳立てしたのも祖母のみよであった。みよは母方の親族における偉大なグランドマザーであって孫やひ孫たちは「おばやん」と呼んでいた。母と悦二を夫婦にした「おばやん」は、離婚した母を心配していたのだろう。

市営アパートの住人は皆貧乏で境遇も似たところがあったせいか、住人同士仲が良かった。住人たちでハイキングに行ったことを覚えている。住人のなかに片岡という人がいた。私たちの家族にとても親切にしてくれた人だ。片岡さんはプロテスタントのクリスチャンだった。片岡さんは母を自分の通う教会に誘った。母は毎日曜に教会に通うことになり、洗礼を受けた。洗礼を受けた日、市営アパートの私の家族の部屋の前の廊下で片岡さんたち信者が賛美歌を歌ってくれて涙が流れたと、母は聞き書きの折に語っている。

実は私はこのことを当時知らなかったし、洗礼のことも記憶にない。母が洗礼を受けたことを知ったのは、かなりあとのことだ。私が学生運動で大学を退学し宇都宮に戻ってからのことだったように思う。当時母は熱心に教会に通っていたのだが、日曜日にも働くようになって次第に教会に行けなくなり、だんだんと足が遠のいてしまったという。

私が母の洗礼のことを知らなかったのは、母が私や弟にキリスト教の信仰についてほとんど語らなかったからだ。母はそれほどの熱心な信者ではなかったということなのかも知れない。子供二人を抱え工場で油まみれの肉体労働をしていた母にとって、宗教は大きな支えだったに違いない。この南宇都宮アパートの時代、母の苦労は相当なものだったろうが、私はあまり母の苦労を実感していない。母が私たち兄弟に辛い思いをさせなかったということだろう。私は、アパートに住む同年代の子供ら

ドラム缶の工場で働く母

とけっこう楽しく遊んでいた。

　これも母への聞き書きで知ったことだが、母の勤める工場の社長の弟が、私を養子にしたいと言ってきたということだ。社長の弟夫婦には子がなく、男の子二人を抱えた母に二人の子育ては大変だから長男の私を引き取ろうということだったようだ。このことも私には記憶がない。ただ、時々アパートの私たちの部屋に知らない男の人が訪ねてきたことは何となく覚えている。今になって考えればその男は工場の社長の弟だったのかも知れない。母はその養子の申し出を受けるか断るかで揺れ動いたが、結局は、兄弟を離ればなれにしてしまうのは可哀想に思い、その話を断った。

　私は一度その工場に母に会いに行った記憶がある。母は、工場の敷地内の建物の外で作業をしていた。手ぬぐいで頭を覆い作業着を着て腕には黒い腕カバーを付けてドラム缶を洗っていた。母の全身が油汚れですすけたように黒ずんでいたのを覚えている。この南宇都宮アパート時代の母の年齢は、二十代後半から三十を越えるころである。考えてみれば母はまだ若かったのだ。母はその若さを男の子二人を育てるためにすべて費やした。私たち兄弟が、生涯母を偉大だと思い、絶対的な存在のごとくみなしていたのは、このときの、子供二人を育てた母の必死な姿が私たちの中に深く刻まれたからだと思う。それにもかかわらず、私たち兄弟は、母を悲しませるような生き方をしてしまった。弟も私も母に対して罪は重いと、今さらながらに思う。

妻と子供を失った父悦二は江曽島の自分の家ですさんだ生活をしていた。悦二の弟が母の働く工場にやってきて、「おまえのせいで兄が苦労している。兄のもとへ戻って来い」と母をなじったということを、これも後に母が語った。父の兄弟がわざわざ母をなじりに来るのだから悦二のすさみようは相当にひどかったのだろう。父もまだ三十を過ぎた頃の年齢だった。その後の父悦二がどのように生きていたのか具体的なことはわからないが、幸せに暮らさなかったのは確かだ。母と私たち兄弟も同じようなものだったが。

六　貧乏長屋で格差を味わう

母の叔母フサエの夫が建てたぼろアパートに移ったのは、私が小学五年になった頃だった。アパートというよりは、長屋という言い方のほうがいいかもしれない。今にも倒れそうなかなり古い建物だった。一階部分は、共同の炊事場である土間があり、その土間に接するように部屋が並び、表側の部屋はそれぞれ外から出入りできるように縁側がついていた。二階といっても、中二階といった作りで、部屋数は少なく、私たちの家族と、もう一世帯が住む部屋があるだけだった。窓から一階の屋根の上に出ることが出来た。このぼろ長屋も貧乏人の集まりで、六世帯ほどが暮らしていた。トイレも炊事場も共同である。この長屋は叔母フサエの夫の家の敷地内にあった。夫は建築業を営んでおり、自宅は大きな家で、庭も広く、大工の作業場もあった。

フサエと母は歳はそれほど変わらないが叔母、姪の関係であり、二人にとって母と祖母にあたる「おばやん」こと田中みよの計らいもあって、フサエは安い家賃で母と私たちをたまたま空いていた長屋の一室に住まわせたのだ。

社会には金持ちと貧乏人という二種類があって、貧乏の側に居るものは金持ちに対してねたみや屈辱感といった感情を抱くという、階級意識とまではいかないにしても、素朴なわかりやすい格差への意識に私が目覚めたのは、この長屋時代であった。

長屋の住人同士は皆貧しく仲は良かった。長屋の住人の子供たちも一緒によく遊んだ。問題は、大家である母の叔母フサエの家族であった。フサエには子供が二人いた。長男は私と同じ歳だった。妹がいて、四歳ほど下だったと思う。長男は良夫と言って良っちゃんと私は呼んでいた。フサエの一家は、長屋の住人や、そして母と私たちをそれとわかるように見下していた。人間という者の種類をそれほど知らない小学生だった私にも、この一家は悪い人たちの部類に入ると思ってたのだから、その見下し方はかなり分かり易いものだった。フサエは私たち一家の面倒を見ていたということもあってか、母に対していつもあれこれと指図していた。私は、子供心にフサエの母に対するなんとなく命令しているように聞こえる口調に、屈辱感に似た痛いような感情を抱いたことを覚えている。

が、私にとって問題だったのは、長男の良夫だった。この良夫は、私に対してかなり意地悪かった。フサエ一家は親戚だから、よくフサエの大きな家に食事のおよばれにいった。そんなとき、良夫は大人に聞こえないように、私に「貧乏人は帰れ」と囁くのだ。良夫は長屋の子供たちとは遊ばなかった。長屋の子供たちも彼を敬遠していた。私はどちらかといえば子供にしてはひねくれた性格だったが、長屋の子供たちと無邪気に遊ぶことは出来た。が、良夫は、私のように無邪気に遊ぶことがなかった。少なくとも、彼が楽しく遊んでいる姿を見たことがない。

昭和三十年代、まだまだみんな貧しかった。フサエ一家のように大きな家と庭を持つ金持ちは数が少なかったのだ。子供たちの共同体も当然、貧しいものたちの子供が中心になって、空き地で野球をしたり、路上でのメンコやベイゴマに夢中になっていた。私もそうだった。ところが、良夫こと良っちゃんはそういう遊びには加わっていなかった。むろん、私たちの子供共同体とは別の遊び仲間がいたに違いないのだが、親戚として良夫の家に出入りしていた私には、そのような友達がいたようには見えなかった。私には友達もなく孤立しているように見えた。

フサエの夫はかなり広い土地を持っていた。フサエの家の周囲の彼の土地には私たちが住むボロ長屋の他に五、六軒の貸家も持っていて、それらの住人には子供も多かった。良夫は、彼の家が所有するそれらの家の子供たちと自分の間に一線を引いていた。店子の子供たち共同体に決して加わろうとはせず、自分は違う種類の人間だという態度を取った。その線の引き方があからさまなので、借家の子供たちは彼を嫌っていたのだ。が、私は、一応彼とは親戚で、母は良夫の家に世話になっているので、他の子供たちのように避けるわけにもいかなった。彼の家に上がり込んでは一緒に過ごすことがよくあった。その度に、良夫は私に意地悪をするのである。いじめというのではない。ただ馬鹿にする態度をとるだけである。この態度は、まだ子供だった私に、この社会には格差というものがあり、私はその格差の屈辱を感じる側に属していて、この境遇は宿命であって変えられるものではない、ということを自覚させるには十分だった。

私は自分の境遇に対する並々ならぬ反発心を抱え込んだ少年として育っていくことになるのだが、その反発心が、人生の岐路にさしかかったときに、私をある方向に常に導くことになる。その反発心を大きく芽吹かせてくれたのが良夫だったといってよいだろう。その意味で私の良夫への印象は悪い。私は子供心に、良夫のような恵まれた境遇には自分はこれから先無縁だろう、その自分が良夫を超えることがあるとするなら、決して良夫のような意地悪い人間にはならないことだ、と心に刻んだのである。

だがこの私の良夫への記憶は、かなり自分に都合良く作られた面があることも否定しきれない。彼が私を歓迎せず私を傷付けるような言葉を投げかけて、それに私が傷付いたのは確かだとしても、それは子供たちの世界での日常起こりうることであったろう。他者に優しく善人であろうと振る舞う子供などは普通いない。その意味では、良夫もまた自分の置かれた環境によって貧しい店子の子供共同体から疎外され、意地悪く振る舞わざるを得なかった普通の子供だったのだ。ただ、一方で、そのような関係の只中で生きる子供すなわち私にとって、良夫は自分が生き延びていくために克服しなければいけない課題だった。当事者である子供にとっていじめっ子のように現れる相手は、その狭い関係のなかでは、普通の子供ではなく時にはモンスターのように脅威になるのである。だからこそ、良夫との関係に耐えるために、私はこの関係に様々な意味づけをした。その意味づけの一つが、良夫は人格的に私より劣っている人間であり、私は人間として彼より劣ってはならないと思うことだった。つまり、境遇における良夫との格差という現実を変えられないかわりに人格面において優位に立とうと子供ながらに決意したのである。この時点で、私は普通の子供ではなくなったのだ。もしこのような決意を少年から大人への成長の一過程と取るのであれば、それはかなりゆがんだ成長だと言わねばならない。

私の良夫への記憶が、良夫を悪くみなし過ぎているところがあるとすれば、このときの私の決意を正当化するべく、良夫は子供の私にとって分かり易い悪人でなければならなかった、ということだろう。実際は、私は良夫を良っちゃんと呼んでいたし、身近な親戚の子として一緒に遊ぶということもあったかも知れないのだ。

私は生涯理屈っぽい人間だったが、その理屈っぽさが養われたのは、良夫との関係のなかで自分の惨めさを克服する手段として理屈を必要とし、そのように、理屈の効用に早い段階から目覚めていたからではないかと思う。理屈は、実生活の困難に際して客観的な立場に立たせてくれる。子供心に、私は、自分をちょっとした超越的立場に立たすことで、現実の苦痛をやり過ごす術を身につけたのだとも言える。無論、このような理屈の用い方は間違ってはいないだろう。ただ、その用い方は余りに私個人の生に固着したものであるが故に、かろうじて立つことが出来た客観性は、いつも私への執着を引きずった中途半端さがあって、より普遍的な客観にいたらなかった。私の書く評論や論文がいまいち客観性に欠けるのは、おそらくはこの私の理屈っぽさの性格に起因するのだと、今は思える。

ある時良夫の家で彼が友達と遊んでいるところに私がたまたま居合わせたことがあった。彼らはサンタクロースの話をしていた。それは、サンタクロースは本当にいるのかという内容だった。クリスマスが近かった時期のことだったのだろう。その時、私はこいつら馬鹿じゃないのかと軽蔑したのを覚えている。サンタクロースなどいるわけがないのに、なんで居るとか居ないとか語るのか、その知性の低さを子供心に馬鹿にしたのである。が、考えて見れば、彼らはそんなことを承知で話していたのだ。彼らは毎年クリスマスにプレゼントを貰っていた。次のクリスマスが待ち遠しくサンタクロースのことを話題にすることを楽しんでいたのである。本当に居る居ないと言ったことを問題にしていたわけではなく、そのような会話が出来ることを子供同士で楽しんでいたということだ。しかし、私は、クリスマスとは無縁な子供だった。誕生会やクリスマスを祝えるようなそのような家庭ではなかったし、子供が祝福されるような年中行事とはいっさい無縁だったのだ。正月のお年玉さえ貰っていなかった。

つまり私が彼らのおしゃべりの真意に気づかずただ馬鹿にしたのは、そのような会話と無縁な境遇にいたからだった。問題なのは、そのことに私が気づかなかったということだ。ここにも私の理屈っぽさが顔を出しているように思える。普通の子供なら（普通の子供など居るとは思えないが）そのような会話が出来る彼らをうらやましがったのだろうが、私はそうではなかった。うらやましがる前に、なんて理屈に合わない馬鹿なことをしゃべっているんだと軽蔑したのである。素直でない少年だった。

叔母フサエの長屋へ住むことになった母はどうだったのだろうか。ドラム缶を洗っていた小さな工場での仕事を辞め、様々な仕事をしていたようだ。保険の外交もしていたと聞いている。子供二人を抱えた母の生活は少しも楽にならなかった。母は仕事から帰ってくると、夜は内職をしていた。小さなプレス機械で葉っぱの形の装飾を作っていたときは夜遅くまでガチャンガチャンという音がしていた。一番多い内職は縫いぐるみの目や鼻を縫い付けるものだった。出来上がったぬいぐるみの顔がビニール袋に入れられて部屋に山積みされていたのを覚えている。母の生活の苦労を知りながらも生活の苦しさを私たち兄弟はそれほど感じなかったのは、子供に生活の苦しさをくどかなかった母のおかげである。

母の生活の苦労も相当だったろうが、叔母フサエに対する気苦労もまた大きかったろう。フサエは確かに母と私たちをいろいろと世話をしてくれたが、そのフサエの母に対する態度は使用人を扱う主人のようだったと、私の記憶にはある。この記憶にも、フサエ一家と私たち家族の境遇の落差に対する私自身のひがみや屈辱感といったものが無いわけではない。私は、子供心にフサエ一家に劣等感や屈辱感を抱いていたが、母は私と弟を育てるのに必死だったから、フサエの態度がどうであろうと、少なくともここにいれば飢えることはないという気持ちでいたのだろう。母がフサエの悪口を私たちに語ったことはなかった。

この長屋に越してきて、私も弟も、母の苦労を知りながらもけっこう楽しく暮らしていたように思う。叔母フサエの家が持つ長屋や借家の子供たちと遊びの共同体があって、まだ小学生だった私と弟は、路地の遊びなどで子供らしい過ごし方を十分に楽しんでいたのだ。

中学校に入ってから、私はどちらかと言えば人見知りの友達のいない寡黙な少年になった。小学生たちとの遊びに夢中になっていた時代も終わり、中学になり、それなりに将来のことも気になり、勉強の成績もクラスで何番なのか意識せざるを得なくなって来たということもあったろう。中学に入った頃の私は、十二指腸潰瘍の持病を持つ不健康な少年で、内気でとにかく目立たない中学生だった。競争原理が働き始める中学では、社会の弱者に位置づけられる私の境遇が私にかなりマイナスに作用した。

私が入学した中学校は一條中学で、東武宇都宮駅の近くにある学校だった。団塊の最後の世代である私の世代はあまりにも人数が多く、学校では生徒を収容しきれず、校庭にプレハブの校舎が建てられていた。一年は一クラス五十人弱で十七クラスもあった。私はクラスのなかで成績は中くらいであった。この一條中学には一年しか通っていない。二年になったとき、余りに生徒が多いので新しい中学校が作られ、私はその中学校に移ることになったのだ。その中学校は、南宇都宮駅近くに建てられた宮の原中学校である。

一條中学での思い出はあまりない。これは後で知ったことだが、この一條中学に入学したとき三年生に作家の立松和平がいた。一度歌人福島泰樹との縁で飲み会で話す機会があり、その時にわかったことである。この中学校時代での思い出はなんと言っても、いじめられたことだろう。私のクラスに不良少年が一人いた。その彼がどういうわけか私をいじめるのである。いじめといっても、集団で一人の生徒を陰湿にいじめるというようなものではなく、素行の良くない生徒が私にことあるごとに難癖をつけたり小突いたりするというものだった。その生徒は勉強も出来なく暴力的だったからクラスでも嫌われ者だった。彼は私をターゲットにしてことあるごとに突っかかってきた。私はおとなしく勉強もそれほど出来るわけでもなく弱そうだったので、いじめの対象としては格好の的だったのであろう。クラスから疎外されていた彼自身のフラストレーションのはけ口だったのかも知れない。

　私は彼の仕打ちにただ黙って耐えていただけだった。子供時代ほとんど腕力を使う喧嘩などしたことがない少年だったから、ここは耐えるしかないと諦めていたのである。ただ、胸中は怒っていた。やり返せない自分に怒っていたのだ。彼を半殺しにするところを思い描いた。腕力では適わないが、相手を殺すくらいの本気さで向かえば何とかなるが、その度胸が今はないだけなのだと自分に言い聞かせた。私のそのような秘めた気持ちは表情に表れていたのに違いない。いじめられていたとき、私の目は彼を睨んでいたのを覚えている。その目が彼のいじめをいっそうエスカレートさせた。彼の私へのいじめはクラスのホームルームで問題になった。あるとき彼が席に座っている私にいちゃもんをつけてきたので、私は彼を睨み私の方から先に彼の腕を叩くように振り払った。それに怒った彼は私に強烈なパンチを食らわしたのである。このパンチを周りの者が見ていて問題にしたのだ。クラスのみんなが彼を非難した。彼は私が先に手を出したと弁解したが、普段からいじめているのを皆知っているから誰も信じなかった。が確かに先に手を出したのは私だったのだ。私はそれを言えなかった。いずれにしても先に因縁をつけてきたのは彼だったからだ。

　そのことがあって以来、彼の私へのちょっかいは少なくなった。クラスで問題にされたということもあったろうが、私の反抗的な目つきや必ずしもやられてばかりいない態度に、少しはためらうようになったのだろう。

七　隣の部屋の左官職人と家族になる

私が中学に入ったとき、母が再婚した。再婚と言っても、貧乏長屋の隣に住む左官職人の男と同居するようになったのである。いきさつはこうだ。長屋の二階には二部屋があって、一部屋は母と私と弟の家族、隣のもう一部屋は左官職人が住んでいた。この職人には子供がいた。私より二歳上の男の子である。左官職人には妻がいなかった。彼は長屋の大家で母の親戚でもある田中が営む工務店で働いていた。母の叔母にあたる田中フサエが母に隣の男と一緒になれとすすめたのである。私の家族には父親がなく、隣に住む左官職人の親子には母親がいなかった。そこで、大家であるフサエが一緒になれと母にすすめたのである。隣り合って住む二家族とも貧乏で片親の所帯であったから、生活のためにもいいからとすすめたのであろう。母は当初嫌がったそうだが、一緒にならないなら長屋から出て行けと言われ、子供二人を抱えての生活の大変さを考えて一緒に住むことにしたという。

ある日、隣り合う二家族の住む部屋の間の壁が取り払われ、複雑な事情を抱えた一組の家族が誕生した。この家族が複雑であるのは、この家族に四つの名字があったことでわかる。左官職人の名字は岡部である。今の私の名前であるが、実は私が岡部に改名したのは私が結婚したときで、二十代まで私と弟は沼尾の姓を名乗っていた。沼尾は私の実父で母の元夫の姓である。両親の離婚当時私たち兄弟は小学生だったので途中で姓がかわるのは可哀想という理由で実父の名前をそのまま使っていたのである。母は離婚していたので旧姓である福田を名乗っていた。岡部と同居はしたがすぐには籍を入れなかったので、福田の姓を使っていたのである。実は岡部の子供は実子ではない。名前は牧野イサムと言った。私の家族がこの長屋に越してくる前、長屋に子供を抱えた独身の女性が住んでいた。この女性が病気で亡くなり子供が残された。その子を同じ長屋に住む岡部が引き取って育てていたのである。姓は岡部でなかったので、岡部の籍に入っていなかったようだ。岡部とその女性の関係がどのようなものだったのかはわからない。長屋の人の話ではその女性は売春婦だったという。

このように、この家族には、福田、沼尾、岡部、牧野という四つの名前があった。ある日から、この四つの名前を持つ者たちの共同生活が始まったのであるが、私の記憶では、岡部の親子と私の家族の間でほとんど会話のない生活がずっと続いていたという印象である。好きで一緒に生活を始めたのでは無く、生活のために仕方がなく一緒に暮らしているということを子供までもが理解しての同居生活であった。なるべく波風を立てないように暮らしていたという記憶だが、決して穏やかな暮らしではなかった。一緒になっても相変わらず貧しかったし、特に母と私たち兄弟にとってつらかったのは、左官職人の岡部が酒乱だったことだ。毎日の夕食時に晩酌をするのだが、酒が入ると人格が変わり、子供たちに向かって怒鳴り出す。子供たちは毎度のことだから早々に岡部の前から退散する。これが毎日続いた。私の中学と高校の時代の家族の団らんであるはずの夕餉は、養父である岡部の酒乱の記憶で満たされている。私は子供心に早く大人になって酒乱のこの親から離れたいと願っていたが、それは弟も、義兄に当たる岡部の連れ子であるイサムもまた同じだったろう。

私の義兄になった牧野イサムはとても暗い少年だった。私もどちらかといえば暗い子供だったが、その私から見て彼の暗さは底知れぬように見えた。私も時々何を考えているのか分からない人だと言われることがある。そのめったなことでは胸襟を開かない性格は境遇のせいだと思うが、イサムも同じだったろう。境遇という面では私は彼より何倍も恵まれていたのだ。彼は、私と弟にほとんど口をきかず、彼の面倒をよく見ていた私の母にもなつかなかった。だから家族というよりはただ事情があって同居している他人という感じだった。

岡部と同居したとき、彼は中学三年だった。中学を卒業すると宇都宮市内のデパートに就職したが、すぐに職場の金を持ち逃げして出奔してしまった。母はその持ち逃げしたお金を何年も掛けて返したが、母が当時イサムの悪口や彼への恨みを言ったという記憶がない。私も、イサムの出奔は母を悲しませたという意味でひどいと思ったが、憎む気にはなれなかった。どこかで、こうなるしかなかったんだよなと、分かる気持ちもあったのである。

イサムについては後日談がある。彼が出奔したのは昭和三十七年だったと思うが、二十年近くたって突然彼が現れたのである。昭和五十六年五月に養父が脳梗塞で亡くなった。当時私は結婚していて東京にいたが、宇都宮に帰って葬式やその後始末などでしばらく滞在していた。葬式が終わって数日後、突然牧野イサムが焼香をさせてくれと実家（この実家はあの長屋ではない。宇都宮市の戸祭町の借家に住んでいた。彼がどのようにして引っ越し先を知ったのかは分からない）に現れたのである。そのことに驚いたが、やや派手な身なりで外車（スポーツタイプのルノーだったと思う）に乗ってやってきた。そのことにもっと驚かされた。今何をやっているんだと聞いたところ、スナックや喫茶店に置いてあるゲーム機の管理や修理をしているのだという。あまり詳しくは語らなかったが、そのゲーム機とは賭博仕様のゲーム機らしい。おそらくは非合法に近い商売（ヤクザに関わっている仕事）をしているようにも思われた。とすれば、外車に乗っていることや派手な身なりにも納得がいく。中学卒業後出奔した彼にはそういった職場にしか身の置きようがなかったのだろう。東京でイサムの住むマンションに何度か訪ねたことがある。彼は歓待してくれた。一度外車で六本木のクラブに連れて行ってくれたことがある。初めての体験だったが面白かった。互いに懐かしいという思いがあって交流をした、ということだろうが、次第に連絡も途絶え、今は、彼がどうしているのかほとんど分からない。元気でいればいいのだが。

私の父となった岡部は寡黙で無愛想な職人だった。私たち兄弟に対して打ち解けようとする振る舞いはいっさいしなかった。だから、生活のなかでの会話も必要最小限のものだけだった。母と私と弟に対して遠慮があったのか、私や弟の生活態度に口出しをしなかった。だから私にとって、養父となった岡部は、私と暮らしている間は、私たち兄弟を養う養父という役割を演じている人でしかなかった。一緒に暮らしていればそれなりに情も移るのだろうが、この同居がどういう事情によるものかか、母がしかたなく受け入れたらしいこと、そういうことをおぼろげながら理解していた当時中学生の私には無理だった。岡部は、夕飯時に酒を飲み出すと人が変わり、なつこうとしない私や弟に怒鳴り出す。特に私に対してひどかった。怒鳴りだす原因は私の側にもあった。岡部は酒を飲むと普段とは違ってやや饒舌になる。酔っ払いの話だから聞いていてよく分からなかったり下らないと思うようなこともしゃべる。そこで中学生の私が馬鹿にしたような感じでいちいち突っ込みをいれるのだ。岡部は最初は相手にしないのだが次第に「馬鹿にしやがって」と怒り出す。そのくり返しだった。

岡部にしてみれば私はまったくもって嫌な子供だったろう。新しい家族が出来てそれなりに期待することもあっただろうが、その家族は少しも距離を縮めてくれない。まして兄弟とくに上の子（私）は反抗的で生意気である。もともと寡黙で感情をあまり表に出さず趣味もなく仕事が終われば酒を飲んで気分を発散させるのが唯一の楽しみだった人だ。その楽しみを私が生意気な口をきいて台無しにしてしまうのである。その結果、酒の勢いを借りて、私への怒りを契機に日頃の鬱屈していた感情を爆発させるのだ。

当時私は養父の岡部に対し時に憎しみの感情を募らせたが、今考えると、その憎しみは酒乱の時の一時的な感情で、酒乱時以外はぎくしゃくしていたとは言え普通に親子として振る舞っていたのだから、それなりに親子の情はあったのかも知れない。今になって思えば、岡部も可哀想だった。新しい家族の爲に懸命に働くのだが、報われるわけではなく、楽しみにしていた晩酌も不快な一時に変えられてしまうのだ。もう少し優しく接していたらと後悔するが、当時の私には無理だった。私のような境遇にあって突然現れた養父に甘えろと言われても難しい。ただ、それでも、岡部の連れ子のイサムのように出奔して縁を切ったり、ぐれたりしなかったのは、母を悲しませたくないという思いと、岡部も酒を飲んでいる時以外は人の好いおとなしい人で、そんなに毛嫌いするほどの悪い人ではなかったからだ。自分の実子ではない子供を三人も育てていた岡部を「子育て地蔵」と呼ぶ長屋の人もいたのである。左官職人であった岡部の現場に何度か手伝いに行った記憶がある。漆喰やモルタルをこねる作業だったが、それを思えば、養父に何から何まで反発している子供ではなかったのである。

実は私は養父岡部が私たちと一緒になるまでどういう人生を送ってきたのかほとんど知らない。母も詳しく知っているようではなかった。養父もほとんど語らず、母も聞くことをしなかったのだろう。

そういう距離感で暮らしていたということである。岡部は大正十年に福島県東白川郡古殿町で生まれ、昭和五十六年死亡。六十歳の人生であった。岡部と母が同居したのは昭和三十六年の頃だから、四十歳だった。それまでの四十年の歴史を私はほとんど知らないのである。戦争には行ったらしい。がどの戦地に行ったとか具体的なことは何も分からない。戦争から戻って左官屋になり、私たちの住む長屋の大家である工務店で働く。結婚はしていなかったようだ。長屋に住んでいた女性が子供を残して亡くなり、その子供を引き取って育てていた、というのが私が知る岡部の来歴である。一緒に生活するようになっても、岡部の実家や親戚との交流は全くなかったので、この人は天涯孤独なんだと子供心に思った記憶がある。

岡部は亡くなる数年前から腰を悪くして働けなくなり、毎日昼間から酒を飲むようになった。もともと仕事のない日には昼間から酒を飲んでいた。酒を飲む以外に時間を潰す方法を知らないのである。母は酒瓶（日本酒一升瓶）を隠して飲ませないようにしたが、隠れて飲んでいたようだ。この飲酒が結局脳梗塞を引き起こしたのだ。私が結婚したころだが、養父は夜になると酔っ払ってあちこちに電話を掛け、とりとめの無いことを一方的にぐだぐだと話すのである。私の妻にもかかってきた。掛けられた相手は迷惑だったろう。途中で切るわけにもいかず何十分も酔っ払いの話を聴くのである。どうやら福島の親戚にも掛けていたらしいことを母から聞いた。晩年には親戚と連絡はとっていたらしい。電話を掛ける相手を探していたのだろう。私も弟もすでに実家に住んでいなかった。母と二人きりの生活で、母とは日常の会話以外言葉を交わすこともないので、寂しかったのだと思う。

私が高校を出て実家を離れる頃には、養父との確執はそれほどではなかった。高校の三年の頃だったが、ある日養父と言い争いになり私ははじめて養父を殴ろうと身構えた。そのとき殴れなかった。養父の体が自分より小さく弱々しく見えたのである。その時の哀しいような感情を今でも覚えている。その日以来私はあまり養父とけんかすることもなくなった。

八　長男（私）は家を出て学生運動にのめり込む

中学を卒業した私は、宇都宮商業高校に入った。進学校に入る実力はあったのだが、貧乏な我が家では大学に行くことなど考えられず、養父も勉強などする必要ないと時々怒鳴っていた。私を左官職人にするつもりだったのだろう。

高校生の私は、友だちも作らず、クラスの中で孤立していた。成績は良かったので一目は置かれていたが、間違いなく付き合いにくい奴だった。二年になって進路に応じてクラス別けをするとき私は進学志望のクラスに入った。教師からこの成績なら大学に行けると言われていたのと、勉強するなと言う養父への反発もあった。とにかく、自分の将来に希望を持ちたかったのだ。

商業高校では親しい友だちはいなかったが、進学校である宇都宮高校に通っていた近所の幼なじみの何人かとは仲が良かった。彼らといつもつるんでいたので私の高校生活はそんなに寂しいものではなかった。彼らとの交流が私の人生の中で一番楽しい時期だったと思う。夜遅くまでいろんな話をした。哲学や政治について議論もした。私が学生運動に違和感を持たなかったのは、彼らとの交流が大きかったと思う。

大学受験のとき、新聞配達しながら大学に通う奨学制度に応募して東京の私立大学を受けたが結果合格せず、そのまま東京で住み込みの新聞配達員として働きながら予備校に通うことになった。だが、住み込みの新聞配達員の仕事はけっこう大変で予備校に通っての受験勉強との両立に次第に疲れはじめてきた。私は半年で新聞配達を辞め宇都宮の実家に戻って受験勉強に専念することになった。この選択は、この時期の私の覚悟のなさの現れだったように思う。新聞配達と受験勉強とをこなす意思の強さがなかったということだ。

この覚悟のなさは、当時の私の進路への迷いとしても言える。私が親孝行なけなげな子供であったら、高校を出て就職をし、両親と貧しくても慎ましい生活をする道を選んだろう。そういう選択を考えなかったわけではないが、高校のときにドストエフスキーを夢中になって読んでいた私は、すでに文学を志ざす密かな願望を持っていた。その願望は、現在の境遇から抜け出るための一筋の光であって、大学に入って文学を勉強したいという思いは、地元で就職をして地道に生きるという選択をさせなかった。だが大学への進学を決めたにしろ現実として無理があり、その動機もただ今の私の置かれた状況から抜け出したいという思いだけが強く、無理を承知で突き進むほどの意思の強さや用意周到さを私は持っていなかったのだ。それが新聞配達を続けられなかった大きな理由である。

私は今七十歳を過ぎて人生を振り返りあのとき違う選択をしていたらと後悔することが多いのだが、その一番の後悔が、高校を終えて何故無理を承知で進学を選んだのかというものである。あのとき、地元に就職をしていれば、学生運動で親を悲しませることもなかったしもっと親孝行も出来たのにと悔やまれるのだ。

一浪して私は明治学院大学にかろうじて合格した。問題は入学金や授業料である。私の家にはそんな金を出す余裕はない。だが、親切にも援助してくれる人がいたのだ。私が高校のとき、母は一時アルバイトでバーのホステスをしていたことがあった。バーを開業した人から知人を介して手伝ってくれないかと頼まれたそうである。昼は働き、家に帰って夕食の準備をすると和服に着替え自転車に乗って宇都宮の繁華街に出かけていく母の姿が目に浮かぶ。そのバーに客として来ていたSさんが母の境遇を知り同情して、初年度の私の大学への入学金や授業料を出してくれたのである。Sさんは、福祉施設や病院に野菜を納入する八百屋を営んでいた。母にも大きな病院の売店での働き口を探してくれた。この人がいなかったら私は大学には行けなかった。

文化人類学に贈与という概念があるが、まさに私は贈与を受けたのである。私が短大の学科長を務めていたとき、成績優秀な学生が二年次後期の授業料が払えず退学せざるを得ないことになった。卒業式の日に成績優秀者として表彰する予定だった学生である。短大には奨学金制度はいくつかあるのだが、時期が遅くどれにも該当せず担任教員は私になんとかならないかと言ってきた。私は学生の親に不足分の授業料（三十万円ほど）の額を聞き、その分を私費で貸与してあげることにした。公的なものではないので貸与という形にしたが、返済期限は設けず、贈与のつもりだった。そのとき、私は自分が贈与を受けて大学に入ったことを思い起こしていた。文化人類学における贈与はかならずお返しをしなければならない。これが私のお返しなのだとその時思ったのである。後日談だが、五年後にその学生は一万円の利子をつけて返済に来た。これはうれしかった。が、贈与のつもりなので利子を受け取るわけにはいかない。返すわけにもいかず、両親へのプレゼントにするようにと三万円の旅行券を贈った。気前よくもっと出してもよかったのだが、お返しをしなくてはという負担を感じさせない額として三万円にしたのである。お返しはけっこう気を遣うのである。

私に贈与してくれたSさんへのお返しは残念ながら果たせていない。明治学院大学に入学するや学生運動に明け暮れ、授業料を払わなかったので二年で除籍処分になった。三年後に成田闘争で逮捕され起訴された。半年ほど拘留され、保釈後学生運動から離れ実家に戻り宇都宮で働きはじめたが、Sさんの営む八百屋に何度も手伝いに行った。それが私のせめてものお返しだった。返せていない分は、他の人に私が贈与する形で帳尻を合わせている。定年退職時に私の勤める短大の学科に三百万円ほど寄付し、経済的な理由で授業料を払えない学生への給付奨学金としたが、私のなかでは、これもSさんの贈与にたいする私のお返しである。

実家に戻った私は、裁判を抱えながら四年ほど働いたが、その後知人の紹介で東京の農協で働くことになり、東京に出てきた。宇都宮では、仕事が終わると図書館に行ってひたすら本を読む生活をしていたが、この転職をいい機会だと思い、少しばかり受験勉強をして明治大学文学部の二部に入った。それが二十八歳のときである。職場は武蔵小金井にあったが、夕方五時に仕事を終えると中央線で神田の明治大学まで行く。授業が終わるのが夜十時で、武蔵小金井のアパートに帰って予習復習して寝るのが一時か二時頃になる。けっこうハードな生活だったが、今思えばこの四年間が一番充実していた。卒業後は仕事を辞めて大学院に進んだ。東京に出てすぐ結婚したので、生活の方は働いていた妻に頼った。大学院の修士課程を終え予備校の講師をしていたが、四十五歳のときに短大に勤めることができ、その短大で定年まで勤め上げた。以上が簡単な私の来歴ということになる。

一方、私は成田闘争で逮捕され裁判を抱えていた。私への求刑は六年で、間違いなく実刑になると言われていたので、判決が出たら下獄するつもりで生活していたのである。この裁判は十六年ほどかかって結審し、執行猶予がついた。求刑五年以上の場合普通執行猶予はつかない。異例な判決であった。おかげで私は研究生活を続けられることになったのである。

九　母と弟のあっけない死

私の学生運動のことは他でも書いているのでこのくらいにしておく。ここは私の家族の物語であるので、母や弟についてついて書いておきたい。

私が逮捕された経緯については本書の「我が闘争　川俣水雪歌集『シアンクレール今はなく』」で書いている。私は実家で逮捕された。そのことは地元紙に写真入りで載った。養父である父と母の驚きはいかばかりであったろう。私が千葉刑務所に未決勾留されていたとき、両親が面会に来た。そのときの二人の姿を忘れることは出来ない。保釈され、実家に戻り政治活動から身を引くことにした。その活動を続けている仲間たちにすまない気もしたが、面会室でのしょんぼりとした両親の姿を目にして、もう政治活動は出来ないなと思ったのである。

私が学生運動にのめり込んでいることを母は知っていたが、何も言わず仕送りを続けてくれた。私が二年で除籍になったのは、もう授業料を払う必要はないと母に私が頼んだからである。

両親が、保釈されて実家に戻ってきた私を愚痴も言わずに受け入れてくれたことは、とてもありがたかった。養父は私に意見を言うような力はもうなかった。彼も私を「まったくしょうがねえ奴だ」とあきらめの気持ちで受け入れたのであろう。腰を悪くしていて、職人の仕事も出来る状態ではなかったということもあり、元気がなかった。母も私の政治活動については触れることをしなかった。だから、私は実家に帰り学生運動の事などなかったようにして暮らし始めたのである。

養父は腰痛という持病があり、左官屋が続けられなくなりモルタルの下地であるラス紙を貼る職人になった（私が高校に入った頃親戚である大家の借家から引っ越したが、養父もその大家の営む工務店を辞めている）が、持病のせいか仕事も思うように入らず、私が実家を離れた頃から生活費は母の働きに頼っていた。私が実家に帰ったとき、母はスーパーで食品試食による実施販売のマネキンと呼ばれる仕事をしていた。販売員として腕が良かったらしくそこそこの稼ぎがあったので、生活には困っていなかった。

考えてみれば、母は若いときから働きづめの生活で、私の知る限り母が仕事をしないで家で過ごしたのは病気の時だけである。母は私たち兄弟を育てるために働いたが、養父と暮らすようになっても生活は楽にならず、結局は、腰を悪くしてあまり仕事が出来なくなった養父のためにも働いたことになる。

母が養父と一緒になったとき、その後の養父との生活についてどんな気持ちであったのかよくは分からない。喧嘩をほとんどしない夫婦だった。養父は酔っても母に対して怒鳴るようなことはしなかった。遠慮があったのだと思うが、母は気丈な面があったから、母を怒らせることが怖かったのだと思う。母も養父の面倒をよく見た。我が家はずっと母が一家の中心であった。

母と養父

養父が死んで、母は家に戻ってきた弟と暮らし始めた。弟も真面目に働くようになって、私も大学に職を得た。その頃が母にとって一番幸せなときだったと思う。しかし、その幸せは長くは続かなかった。弟が突然パーキンソン病になり、母が弟の介護をせざるを得なくなったのである。

母から弟の様子がおかしいと電話があったのは、二〇一一年の春のことである。朝何時までも起きてこない。会社に行っても身体がだるいとしんどそうなので、医者に行って診てもらったらパーキンソン病の病状とそっくりだと言われた。検査の結果パーキンソン病だと診断された。そのとき弟は六十歳。独り者で母と暮らしていた。近くの東電のビルで営繕の仕事をしていた。もうすぐ定年という時である。

ショックであった。こういうことがあるのだと私は落ち込んだ。が、母や弟の落ち込みは私どころではなかったであろう。私が母のことについて書こうと思ったのはこの弟の病気がきっかけになっている。弟が発病したとき、母は八十三歳である。腰がかなり曲がっていた。歩くのが大変なので外出はいつも自転車で、何処へでも自転車で出かけた。腰が曲がって、長時間歩けないことを除けばまだからだはよく動いた。家事はほとんど母が行っていた。私は、弟に母の面倒を見てもらう形になっていたことを申し訳ないと思っていたが、母は充分に元気で、むしろまだ弟の身の周りの世話をしていたのである。

弟が発病してから、私は宇都宮になるべく出かけるようになった。それまでは一年に一、二度父親の墓参りをかねて訪れる程度だった。弟の発病から、月に一、二度は行くようになった。弟が発病するまで母は今が一番幸せと言っていた。私は短大の教員としてそれなりに給与をもらっていたし、著作もあった。若い時には親にかなり迷惑をかけたが、今では自慢できる息子となった。弟も、定職につかず、落ち着きのない生活をしていたが、四十代半ばで営繕の会社に職を得、給与は安かったがそれでも母と二人で暮らすには何とかなった。私も四十五歳の時に今の大学に職を得てから毎月母には仕送りをしていた。職を得た弟と暮らし始めた時期が母にとっては人生の中で一番安定していた時期であったろう。それが弟の発病で暗転してしまったのである。

この歳になってこんな目にあうとは、と母は会うごとに嘆いた。パーキンソン病は運動神経に作用する神経伝達物質ドーパミンが脳内で作れなくなってしまう病だ。現在のところ治療方法が見つかっていない難病である。弟は起き上がったり座ったり、横になったりすることが自分の思い通りにならない。特に起き上がることが難しく、母が手を引っ張って起こしたりするのだが、八十代半ばで力もない母にはかなり辛い作業である。弟は要介護3に認定され、平日はデイケアセンターから迎えに来てもらい風呂に入り食事の世話をしてもらっていた。だが、土日は母が面倒を見なくてはならない。デイケアセンターに通う前は地獄だったという。一人では風呂に入ることもできない。が、母の力では風呂に入れるのは無理だったという。トイレに連れて行くのもやっとのことで、こんな思いをするなら一緒に死ぬか、と何度も弟に話しかけたと語る。本気ではないとしても、そうでもいわなきゃもたなかったのだろう。

私は、月に一、二度宇都宮に通い、私がいなければ出来ない買い物や様々な用事を助けていた。これがいつまで続くのだろうと不安になりながら、ある日、今、私に出来る親孝行の一つは、母の一生を書き留めておくことではないかという考えが浮かんだ。母のそれまでの人生は、昭和の歴史が波乱に満ちていたように、とても平凡と言えるものではなかった。その原因の一つは私たち兄弟にもあったが、時代に翻弄されたという面もあろう。母のためにも、私や弟のためにも、そして母と同じように、昭和という時代を平凡には生き得なかった人たちのためにも、母が生きてきた記録は貴重なものになるに違いない。とにかく母のことを書いておかなくてはという強い思いにかられたのである。そこで、宇都宮に行くたびに少しずつ母に自分の人生を思い出してもらい、それをメモした。

最初はあまり自分のことを語ろうとはしなかった。良い記憶など一つもないということをぼそっと言った。語り出してもすぐとまってしまい、忘れてしまったとすぐに言う。聞き書きをする度にそれを繰り返した。が、少しずつではあるが、私の知らない母の人生が見えて来た。

二〇一五年三月十二日、勤め先の大学で会議中に私の携帯が電話の受信で振動した。最初無視したが何度も振動するので、会議を抜け出して電話に出ると、母が危篤だとの知らせである。事故にあったということだ。自転車で歩道を走行中、脇の道路から出てきた車に轢かれたというのだ。運転していたのは私と同じ歳の女性で、ブレーキとアクセルを踏み間違ってそのまま母を轢いてしまったのである。急いで宇都宮の病院に駆けつけたがすでに息を引き取った後だった。八十七歳であった。

母が亡くなり、やむなく弟を施設に入れた。だが、弟は施設で転倒して骨折。そのまま入院したが、肺炎を起こしあげくに脳梗塞で意識不明になった。植物状態になり、一年後の二〇一六年六月に亡くなった。六十六歳の生涯であった。

最後に弟について書いておきたい。弟は私より二歳下である。高校は私と同じ宇都宮商業高校である。少年時代の弟は、私のように暗くはなく、活発でスポーツ好きの子供だった。彼が変わり始めたのは高校の頃だった。弟は美術部に入り油絵を描き始めた。私から見て絵の才能はあった。たぶん、美術系の大学に入りたかったのだと思う。だが、家の事情からすれば無理だった。私の場合は援助してくれる人が現れたが、弟には現れなかった。卒業後、就職せず、東京に出て、アルバイトをしながら絵の勉強をしていた。私は学生運動に明け暮れていたので、その頃の弟の様子を詳しくは知らなかったが、時々連絡はとっていた。

弟は小説を書き始めた。画家ではなく小説家を目指すようになった。弟の書いた小説を読む機会があったが、文章もうまく悪くはなかったと思う。ただ、評論家的な物言いをすれば、自意識の殻を破

事故の一週間前に自分の葬儀用に撮った写真

れていなかった。私も弟もそうなのだが、貧しい境遇にあるとその境遇が強固な自意識の殻になって、言葉から自由を奪ってしまう。その殻を破らないと人に読んでもらえるような小説にはならない。その殻を破るには、自分を客観的に眺められるまでのそれなりの人生経験が必要なのではないかと、弟の小説を読んで思った。そのようなことを弟に話したら、弟はかなり怒った。怒るのは当然であろう。たいした人生経験も無い私に、そんな小説を書くのはまだ早いと言われたのだから。

私が学生運動にのめり込んだのと同じように、弟も自分が置かれた境遇に抗したいという思いでもがいていたのだ。東京で今でいうフリーターをしていたが、養父が亡くなったのを機に宇都宮に戻り、母と暮らし始めた。が、定職に就くことはせず、バイトをしては金を貯めてアジア各地を旅するようになった。

旅というより放浪と言ったほうがいいかも知れない。アジアでの体験を小説に書いていたようだ。が、四十代半ばになってさすがに落ち着こうと思ったのか、ボイラー技士の資格を取り、ビルの営繕をする仕事に就いた。母が待ち望んだ定職に就いたのである。

弟が定職について働きはじめた十数年が母にとって最も平和な日々だったが、その平和な日々は弟のパーキンソン病の発病で消えてしまったのだ。パーキンソン病の他に弟はレビー小体型認知症も発病した。私が弟と話していると、弟は突然横を向いて誰かに向かって別の話を始める。そこには誰もいないが、弟には見えているのである。幻視はレビー小体型認知症に現れる典型的な症状である。体が動かなくなるパーキンソンの症状と妄想に支配される認知症の症状を持つ弟を母は懸命に介護した。だが、八十代半ばを過ぎた母も介護が必要な老人である。私が行く度に母は早く死にたいとこぼすのである。私には金銭的な援助以外になすすべがなく、いよいよ施設に入れざるを得ないかと母に相談をするようになった頃、母が事故で亡くなったのである。

母の葬儀が終わって私は弟の世話を二週間ほど行った。母の苦労がよく分かった。ホームヘルパーの紹介で弟は近くのサービス付き高齢者住宅に入れることになった。弟は嫌がったが、私には仕事があり毎日宇都宮に通うことは出来ない。弟が一人で生活出来ない以上施設に入る以外に選択肢はなかった。

弟が転倒して腰の骨を骨折したのは幻視が原因だったと施設の人は説明した。廊下を歩いていると き足下に何かが見えたらしくそれを避けようとして倒れたらしい。弟は即入院したが肺炎になり意識不明になった。誤嚥性の肺炎だった。しばらくして脳梗塞を起こしていることがわかり、医者は植物状態で回復は難しいと語った。弟はその後、植物状態の患者を専門に受け入れている病院に転院し、半年後に亡くなった。母が亡くなってから一年三ヶ月後のことである。

私は弟に対してすまないと思う気持ちがある。弟は私に対して屈折した感情を抱いていた。高校の頃までは仲の良い兄弟だったが、高校を出てからは、弟は私に対してあからさまに逆らうような態度を取り続けた。私は大学に行くことが出来たが弟は行けなかった。学生運動で大学を辞めて実家に戻ってくるという身勝手な私の行動への反発もあったろう。画家や小説家を目指したがそれをかなえられない焦りや苛立ちが、研究者として本も出した私を許さないとする感情になったのかも知れない。施設に入った弟を診察の爲に定期的に病院に連れて行くのは私の役目だったが、あるとき、医者に俺は芥川賞の作家だと言い始めた。レビー小体型認知症による妄想である。が私はこのときこれはそうであることを願望してきたことが表に出てしまっただけで、妄想とは言えないと思ったのである。弟の抱え込んでいたものが見えた気がした。

私の親不孝な生き方は、弟に影響を与えたのは確かだ。私が大学に行かず地元で就職して地道に暮らす選択をしていれば、弟も同じ選択をしたのではと思う。母に一度そんなことを述懐したことがある。母は一言「清（弟）は根性なしだから」と言った。母の評価は手厳しい。が、私にはやはり悔いがある。私があのとき自分探しを止めて親にとって良い息子であれば、母も晩年死にたいとこぼすことはなかったのだ。人生とはままならぬものだと思う。

以上がわが家族の物語である。今、私は癌を抱えた闘病生活を送っている。死を意識せざるを得ない生活である。こういう心理状態では、どうしても過去を振り返ってしまう。振り返れば後悔の念が起こる。この物語もそのような心理状態で書かれている。家族の物語を書いてみて、私は母や養父の愛情によって育てられてきたのだとつくづく感じた。養父には反抗ばかりしていたが、今は反省している。改めて私を育ててくれた両親に感謝をしたい。なお、この物語は私の記憶と母からの聞き書きが元になっているが、細部は時折推測で書いている。私の記憶にも幾分かの脚色が入っている。従って、この物語は事実を描いたというよりフィクションという扱いの方のほうがふさわしい。氏名についてだが、私の家族についてはそのまま用いたが、家族以外は仮名になっていることをお断りしておく。

あとがき

本書は今までの評論集とはだいぶ趣が違う。本書のタイトルが示すように、本書の前半は、私の個人史や私の体験した学生運動のことが歌集評という体裁のなかで描かれている。

普通、評論では評者の個人史や実体験などはあまり書かれることはない。それを書いてしまうと、書かれた評者の体験そのものが評の対象になってしまうからだ。評論をより説得力あるものにするための材料だとしても、それは評を逆に窮屈なものにしかねない。それでも、あえてこのような書き方にしたことについては「はじめに」で書いておいたので、ここでは、本書であまり触れていない私自身のことなどについて追補しておきたい。

私は現在前立腺癌を患い闘病中である。三年前に手術をしたが悪性らしく転移が疑われ薬物による治療を続けている。そういうこともあって、死と向き合わざるを得ない生活になっている。本書で、私の学生運動の体験やライフヒストリーを書いたのは、そういう状況に私がいる、ということと関わっている。

死を意識することのメリットは、体裁を気にするようなことから自由になれるということだ。だから、本書において私はライフヒストリーを載せることが出来た。もし私が余命を意識した癌になっていなければ、歌集評らしい体裁を崩すことをためらい、ライフヒストリーを載せようとは思わなかったろう。その意味で、ライフヒストリーを掲載できたのは、癌になったおかげだとも言える。

私の学生運動の体験については本書の中で書いてはいるが、私の生き方を決定した成田闘争での私の活動について触れておきたい。空港建設反対運動として燃え上がった成田闘争に私は現地に住み込んで代執行阻止闘争に参加した。一九七一年七月の一・五次代執行阻止闘争（農民放送塔の戦い）では、反対同盟の青年行動隊とともに三日三晩塹壕（塹壕といっても地中に掘った横穴）に潜り込み、塹壕を巨大なユンボで掘り崩す空港公団に抵抗したが結局逮捕された（ここでの抵抗は全国にテレビ中継されていたらしい）。この時はすぐに釈放されたが、同年九月の第二次代執行阻止闘争では、青年行動隊とともに隊列に加わって阻止闘争に参加した。この時、三里塚の東峰十字路で機動隊と衝突し、三人の警官が亡くなった。この闘争に加わった私は現地在住の活動家だったこともありこの闘争の一年後に逮捕される。

三里塚の代執行阻止闘争は激しい戦いだった。多くの農民、学生、警官が負傷し犠牲者も出た。東峰十字路での戦いの後、闘争に参加した農民の青年行動隊の一人が自死している。逮捕された私は、その後十六年わたって裁判を続ける。私への求刑は六年であった。求刑六年では普通執行猶予はつかないので下獄を覚悟していたが、執行猶予がついた。私より重い求刑を受けていた被告団のメンバーも全員執行猶予がついた。成田闘争は国家に非があると裁判官が判断したということや、この闘争の中心は農民である青年行動隊だったので、彼らを下獄させるわけにはいかないという政治的判断が働いたのかも知れない。検察側も控訴せず、逮捕された全員が刑務所に行かないという異例な判決となった。

私は、戦後日本の最も激しい大衆闘争のその最前線の現場にいた。だから、裁判が終わった後の私の人生は余生みたいなものだった。当時、私は裁判を続けながら大学院に入って研究生活をしていた。刑務所から出てきたら、予備校の講師にでもなろうと思っていた。ところが、執行猶予がつき、研究生活を続けられることになった。余生の人生だったが、研究者としての生活に没頭し、大学に職を得ることもできた。これも、元活動家の私を気遣ってくれた周囲の人たちのおかげである。あらためて感謝したい。私は研究者とも評論家とも呼ばれているが、一方で、あの叛乱の時代を無我夢中で生きた元活動家である。活動家の期間はごく短かったとは言え、この体験を抜きに私は私自身の人生を語れない。その意味で、本書は、元活動家が、半世紀経って様々な思いで自分を振り返っている、そういう本なのだとお読みいただいてもかまわない。

第八章「わが家族の物語」は私の母のことにかなりの頁を割いている。実は、このライフヒストリーは、五年前に不慮の事故で亡くなった母について書いておきたいという、私の思いが込められた文章でもある。出版は皓星社にお願いした。お引き受けいただき感謝したい。

この本を私の実父、私を育ててくれた養父、そして数年前にあっけなくこの世を去った母と弟に捧げたい。

春暁や　逝きし弟逝きし母

令和三年四月　コロナ禍のなか自宅にて

岡部隆志

初出一覧（本書収録にあたっていくつかの論はタイトルを変更している）

第一章　叛乱の時代を生きた私たち

学生運動と抒情　『もっと電車よ、まじめに走れ　福島泰樹わが短歌史』
歌誌『月光』三三号　二〇一四年一月

私のバリケード体験　福島泰樹歌集『バリケード・一九六六年二月』
歌誌『月光』六二号　二〇一九年二月

我が闘争　川俣水雪歌集『シアンクレール今はなく』
歌誌『月光』六四号　二〇二〇年七月

国家からほうっておかれる選択
歌誌『月光』六一号　二〇一九年十月

凍結されたこころざし　佐久間章孔歌集『洲崎パラダイス・他』
歌誌『月光』五七号　二〇一八年十二月

立ち尽くす砂時計　矢澤重徳歌集『会津、わが一兵卒たりし日よ』
歌誌『月光』六〇号　二〇一九年八月

岸上大作に自分を重ねる
歌誌『月光』六五号　二〇二〇年十一月

債務を返す詩人たち　白島真詩集『死水晶』
歌誌『月光』五二号　二〇一七年八月

びしょ濡れのまま　渡邊浩史歌集『赤色』
歌誌『月光』五九号　二〇一九年六月

第二章　母のことなど

死者たちの物語　福島泰樹『下谷風煙録』
　歌誌『月光』五五号　二〇一八年五月

満州からの引揚　冨尾捷二歌集『満洲残影』
　歌誌『月光』二八号　二〇一三年一月

第三章　鎮まらざる歌人たち

狂気という宿命　賀村順治歌集『狼の歌』
　歌誌『月光』五六号　二〇一八年九月

坪野哲久の老い　坪野哲久歌集『碧巖』
　歌誌『月光』五八号　二〇一九年四月

黒田和美の世界
　歌誌『月光』三八号　二〇一四年十一月

加藤英彦的状況　加藤英彦歌集『プレシピス』
　歌誌『月光』六六号　二〇二一年二月

第四章　敗北し孤立するものの系譜

山川登美子の相聞歌
　歌誌『月光』四九号　二〇一六年十月

言葉の孤独な身体　江田浩司歌集『逝きし者のやうに』
　『江田浩司は何を現象しているか』藤原龍一郎責任編集『北冬』NO.18　二〇一八年十一月

自分への挽歌　髙坂明良歌集『風の挽歌』
　歌誌『月光』四〇号　二〇一五年三月

情けなさの系譜　又吉直樹『火花』
　未発表（勤め先の短大で授業用に書いた原稿）

第五章　松平修文歌集『トゥオネラ』の世界

ジョバンニに似ている

松平修文歌集『トゥオネラ』栞　ながらみ書房　二〇一七年六月

この不思議な既視感に満ちた異世界

歌誌『月光』五四号　二〇一八年一月

第六章　慰霊と情

風の電話に想う

歌誌『月光』四八号　二〇一六年八月

慰霊の心性　―喚起される情―

『共立女子短期大学文科紀要』二〇一五年一月

第七章　短歌論

喩の解放性

歌誌『月光』三号　二〇〇六年三月

短歌の読み方

歌誌『月光』四一号　二〇一五年五月

短歌の虚構性と「歌物語」

歌誌『月光』四二号　二〇一五年七月

短歌の「わかる」「わからない」ということ

歌誌『月光』五〇号　二〇一七年二月

短歌はアニミズムを潜在させているか

歌誌『月光』五一号　二〇一七年六月

第八章　ライフヒストリー　わが家族の物語

書き下ろし

唯一残された弟岡部清の画いた絵。宇都宮郊外の「古賀志山」を描いたもの。

岡部隆志（おかべ・たかし）

1949年、栃木県に生まれる。宇都宮商業高校を卒業後上京。一浪して明治学院大学に入学。全共闘運動に参加。大学を中退（除籍）。社学同叛旗派の活動家となり同派の三里塚現闘小屋に住む。1971年一・五次闘争（農民放送塔の戦い）で地下壕に立て籠もり逮捕される。同年二次代執行阻止闘争での東峰十字路の戦いで逮捕され、東峰十字路被告団の一人として裁判闘争を続ける。保釈後、宇都宮の実家で問屋の配送の仕事などをしながら裁判を続ける。四年後、東京での仕事を紹介され上京。明治大学二部に入学。28歳の時である。卒業後、仕事を辞め明治大学大学院に入学。修士取得後塾や予備校で働きながら裁判を続ける。30代後半に裁判の結審。求刑は六年であったが、判決は執行猶予がつく40代に入り、駿台予備校の講師、共立女子短大の専任講師となる。専門は、日本古代文学だが、近現代文学、民俗学も論じる。中国雲南省少数民族の歌垣文化調査も行う。一方、歌人福島泰樹主宰の短歌結社「月光の会」に参加し、短歌誌『月光』に短歌評論を書き続ける。現在まで、3冊の短歌評論集を刊行している。2020年3月、共立短大を定年退職。コロナ禍の中現在に至る。

主な著作

『北村透谷の回復　憑依と覚醒』三一書房　1992年
『異類という物語　日本霊異記から現代を読む』新曜社　1994年
『言葉の重力　短歌の言葉論』洋々社　1999年
『中国少数民族歌垣調査全記録1998』工藤隆との共著　大修館書店　2000年
『古代文学の表象と論理』武蔵野書院　2003年
『聞き耳をたてて読む　短歌評論集』　洋々社　2004年
『神話と自然宗教　中国雲南少数民族の精神世界』三弥井書店　2013年
『短歌の可能性』ながらみ書房　2015年
句集『犬が見ている』ふらんす堂　2018年
『アジア歌垣論　附中国雲南省白族の歌掛け資料』三弥井書店　2018年
『胸底からの思考　柳田国男と近現代作家』森話社　2021年

叛乱の時代を生きた私たちを読む
自己史としての短歌評

2021年9月10日　初版第1刷発行

著　者　岡部隆志
発行所　株式会社 皓星社
発行者　晴山生菜
装　丁　藤巻亮一

〒101-0051　東京都千代田区神田神保町3-10-601
電話：03-6272-9330　FAX：03-6272-9921
URL http://www.libro-koseisha.co.jp/
E-mail：book-order@libro-koseisha.co.jp
郵便振替　00130-6-24639

印刷・製本　精文堂印刷株式会社

ISBN978-4-7744-0749-4　C0095